Flatter 퓨전 판타지 장편소설

WISHBOOKS FUSION FANTASY STORY

일천회귀

일천회귀록 9

Flatter 퓨전 판타지 장편소설

초판 1쇄 찍은 날 | 2018년 2월 23일
초판 1쇄 펴낸 날 | 2018년 3월 2일

지은이 | Flatter
펴낸이 | 예경원

기획 | 위시북스
편집책임 | 이규재
편집 | 이즈플러스

펴낸곳 | 예원북스
등록번호 | 제396-2012-000132호
등록일자 | 2012. 7. 25
KFN | 제1-223호

주소 | 경기도 고양시 일산동구 호수로 646-24 위너스21 II 빌딩 206A호 (우)10401
전화 | 031-819-9431 팩스 | 031-817-9432
E-mail | yewonbooks@naver.com

ISBN 979-11-6098-830-7 04810
979-11-6098-386-9 (set)

※ 이 도서의 국립중앙도서관 출판시도서목록(CIP)은 서지정보유통지원시스템 홈페이지(http://seoji.nl.go.kr)와 국가자료공동목록시스템(http://www.nl.go.kr/kolisnet)에서 이용하실 수 있습니다.

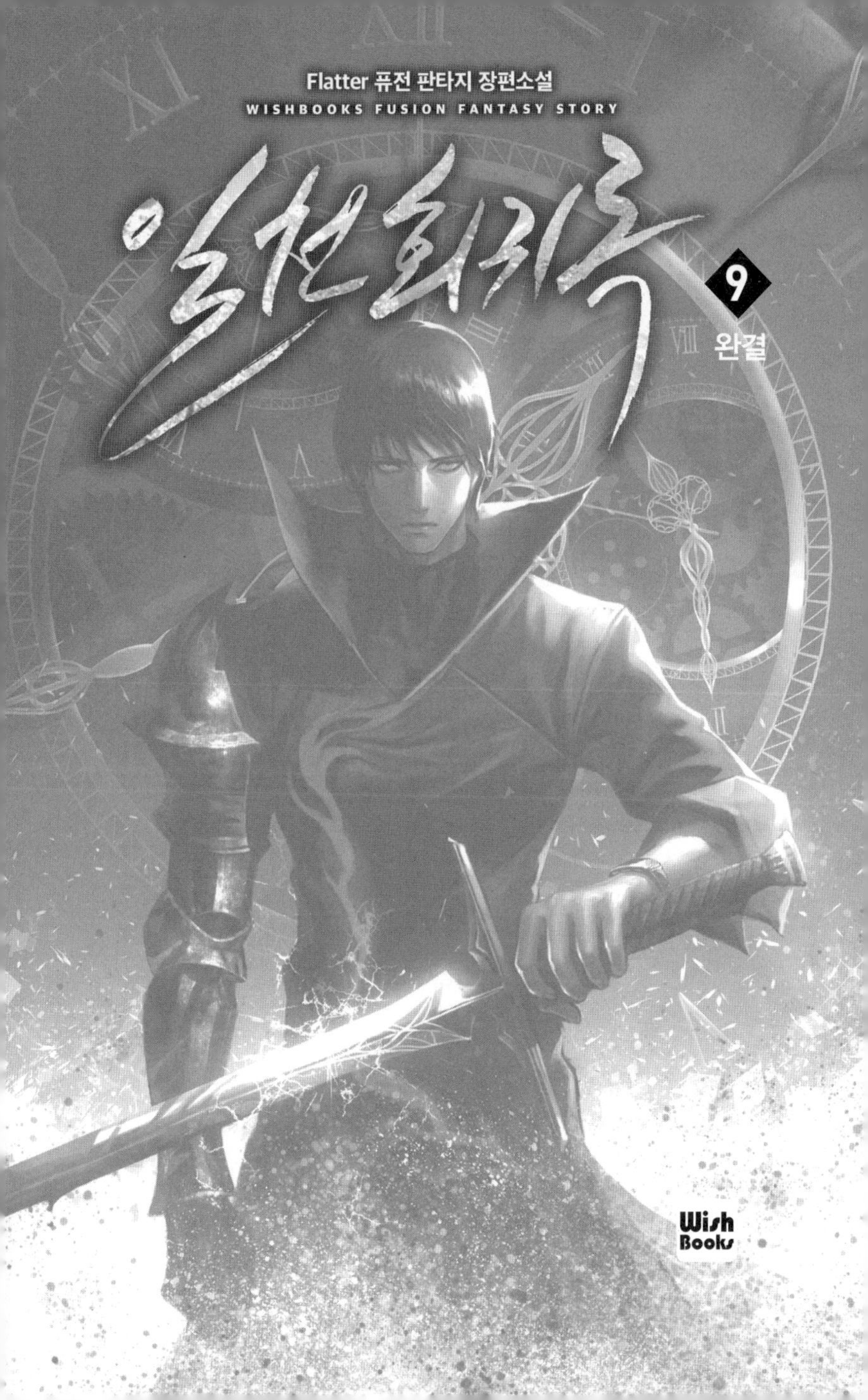
Flatter 퓨전 판타지 장편소설
WISHBOOKS FUSION FANTASY STORY
일천회귀록
9
완결
Wish Books

일천회귀

CONTENTS

1장
탑으로의 여정

헨릭이 헛웃음을 지었다.

"이젠 놀랍지도 않다. 새로운 종족을 만들겠다고? 막 창조하기에는 신력이 부족하다고 하지 않았었냐?"

"종족창조 스킬이 따로 있어."

"무슨 스킬?"

"신종의 탄생."

고대영웅 미네르바에게서 물려받은 연금술사의 일회성 비기. 실피아 대륙에서 완전히 새로운 종족을 창조할 수 있는 스킬이었다.

샤네트가 의아한 표정을 지었다.

"그런데 왜 갑자기 새로운 종족을 만들려고 하시는 거예요?"

"신력을 보충하기 위해서."

신력은 신의 권능을 활용하기 위해 반드시 필요했다.

그러한 신력을 얻기 위해선 대륙의 구조물을 복원해야만 한다. 그러나 구조물 복원은 많은 시간이 걸렸고, 성과도 적은 편이었다.

판잣집 한 채를 반나절 걸려 복구해도 고작 15의 신력만 얻었다. 그러니 구조물 복원을 대신해 줄 종족을 창조하면 신력을 빠르게 올릴 수 있을 터였다.

아이리스가 눈을 반짝였다.

"그럼 정이 많이 가고 사랑스러운 종족을 창조하면 정말 좋겠구나."

"인마. 한 번뿐인 기회인데 좀 크고 강한 놈들로 만들어야지."

"하지만 외견은 상관없잖니? 요정이나 인형 같아도 귀여울 거란다."

헨릭은 어이없어했다.

"지금껏 우리가 만났던 요정과 인형은 굉장히 잔인한 성격이었다만."

샤네트가 고개를 갸웃거렸다.

"강윤수 님은 예전 삶에서도 새 종족을 만드신 적 있으세요?"

"어."

"그럼 어떤 종족을 만드셨나요?"

"살해나 치유, 혹은 양조(釀造)에 특화된 종족."

"……술 빚는 데만 특화된 종족까지 만드신 적 있으세요?"

"어."

"어째서요?"

"술친구가 필요해서."

"……."

예전 삶까지 파고드니 강윤수의 기행은 그야말로 끝이 없었다. 아무튼 새로운 종족을 만들기 위해선 장소를 바꿔야만 했다.

'생명력을 최대한 올려줄 만한 곳.'

강윤수는 넓은 들판을 찾아갔다.

초겨울이 오는데도 푸른 풀과 들꽃에 생기가 어려 있는 들판이었다. 마력이 살아 숨 쉬는 특수한 대지에는 온기가 가득히 살아 있었다. 이곳에서는 동면에 들지 않은 조그만 짐승들이 자유로이 활보하고 있었다.

「한겨울에도 얼지 않는 들판.

얼지 않은 땅에 발을 디딜 때 생명력과 활력이 크게 증진됩니다.

들꽃, 들풀, 잡초를 다루는 조경 스킬의 성장 속도가 빨라집니다.

추위에 대한 저항력이 오릅니다.

정원사의 고유스킬(마스터)을 일시적으로 한 가지 획득합니다.」

매서운 추위에도 동물들이 사는 들판에 오니 생명력이 증진되었다.

강윤수는 오른손을 펼쳐 들었다.

"신종의 탄생."

오른손에서 밝고 온화한 빛이 쏘아져 허공으로 떠올랐다.

「이제껏 대륙에 존재한 적 없었던 새로운 종족을 창조합니다.

신의 직업특성으로 인해 신종의 탄생의 효력이 더욱 강력해집니다.

새롭게 창조할 종족의 특성, 성미, 외견을 정해주십시오.

+기존의 존재하는 종족에게서 특성을 그대로 가져올 수 있습니다.

+강하고 위압적인 특성을 가져올수록 생명력이 크게 감소합니다.

+당신의 생명력은 23,287입니다.」

새로운 종족창조!

그러나 아무런 제한 없이 생명체의 특성을 더하는 것은 아니다. 창조할 종족에 특성을 더할 때마다 생명력이 깎여 나가게 된다. 가령 드래곤, 악마, 천사처럼 강력한 종족특성들을 가져온다면 생명력이 단숨에 줄어 사망하게 된다.

'강력한 종족의 특성을 함부로 가져왔다간 생명력이 전부 닳는다.'

그는 적절한 종족을 선택했다.

기본적인 종족능력은 드워프였다.

건축술과 손재주가 뛰어나고 대륙 구조물을 맹렬히 찬미하는 종족! 심지어 낡은 구조물을 보면 수리하고픈 욕망에 휩싸이기도 한다. 가히 신력을 보충하기 위한 종족으로서 최적의

특성이었다.

그러나 드워프들은 성질이 드세고 쉽사리 남을 위해 움직이지 않는다. 자칫하면 창조주인 강윤수를 배반할 확률이 높다. 물론 배반하더라도 천벌을 내리면 그만이지만 지금은 당장 순종적으로 명령에 따라줄 부하들이 필요했다.

그는 적절한 종족을 떠올렸다.

'성미는 파이어 트롤로 해야겠군.'

멸망사막에서 만났던 트롤들.

지나치게 순진해 파리 한 마리 함부로 죽이지 못하는 성미였다. 전투에 써먹을 생각은 없으니 명령만 잘 따라주면 충분했다.

외견은 재빠른 이동속도와 활동력을 높게 해주는 편이 좋았다. 그래서 날 수 있으면서도 손이 자유로운 요정을 닮게 하기로 했다.

「드워프의 손재주와 건축에 관한 흥미(-10,000)
파이어 트롤의 성미(-1,800)
요정의 외견(-800)」

세 가지 특성을 더하고도 1만 이상의 생명력이 남았다.

생명력을 크게 증진시켜 준 신의 직업특성 덕분이었다.

'나머진 종족특성을 더해야겠군.'

강윤수는 깊이 고민하고서 2개의 종족능력을 더했다.

「드워프의 손재주와 건축에 관한 흥미(-10,000)
엘프의 영민함(-6,000)
슬라임의 번식능력(-4,000)
파이어 트롤의 성미(-1,800)
요정의 외견(-800)」

"창조를 시작하겠다."

강윤수가 선언하자 90%가 넘는 생명력이 순식간에 소진되었다. 그는 창백한 얼굴로 치유 포션을 바로 마신 뒤 똑바로 섰다.

창조가 시작되고 있었다.

「외견과 성미는 여럿 추가된 종족의 특성에 따라 약간 달라집니다.
외견은 엘프와 요정이 뒤섞이며 성미는 파이어 트롤과 슬라임의 영향을 받게 됩니다.
신의 힘으로 인해 새롭게 창조된 종족에 특수한 힘이 부여됩니다.」

빛무리가 뭉치면서 특정한 형태들을 이뤄내기 시작했다.

헨릭은 눈을 게슴츠레 떴다.

"정령들이 만들어질 때랑 비슷하면서도 꽤 다르구만. 숫자가 여럿이라 그런가?"

아름다운 굴곡의 빛이 완성되자 새로운 문구가 떠올랐다.

「새로운 종족만의 문화를 정해주십시오.

고유의 문화는 종족의 번영과 번창에 막대한 영향을 끼칩니다.」

"신을 광적으로 신봉한다."

「종족 전체에게 신을 광적으로 숭배하는 문화가 새겨졌습니다.
마지막으로 종족의 이름을 정해주십시오.」

이름은 항상 그랬듯 대충 정했다.
"르노."
우르노크라의 줄임말이었다.

「실피아 대륙에 새로운 종족 르노가 출현합니다.
대륙 최초의 르노 10명이 창조되었습니다.
르노는 성격이 상냥하고 아름다운 용모를 지닌 종족입니다.
이들은 대륙의 구조물을 고치거나 세우는 것에 관심이 지대하며 모험심이 뛰어나 정착을 싫어합니다.
또한, 뛰어난 번식력을 지니고 있어 후손을 빠르게 퍼뜨립니다.
그러나 종교에 지나치게 심취해 광폭한 행동을 할지도 모릅니다.
창조주를 닮아서 르노들은 술을 사랑하고 생존력이 끈질깁니다.
+새 종족 르노의 행동은 창조주인 당신에게 영향을 미칩니다.」

르노들은 요정보단 덩치가 컸고 엘프보단 작았다.
그러나 용모는 두 종족을 합한 것만큼이나 눈부시게 아름다웠다. 암수가 적절히 뒤섞인 르노들은 알몸으로 파르르 날갯짓을 했다.
“정말 찬란한 생명체들이구나.”
아이리스가 감탄했다.
막 태어난 르노들은 세상이 낯선지 주위를 계속 두리번거렸다.
강윤수가 그들에게 다가섰다.
“르노들이여.”
“당신은 누구신가요?”
“나는 신이다.”
“맙소사!”
르노들이 기겁하며 고개를 조아렸다.
강윤수는 고개를 저었다.
“고개를 들어라.”
“하, 하지만 신이시여……!”
순박한 르노들은 감히 얼굴조차 들지 못하고 쩔쩔맸다.
강윤수는 간단한 명령을 내렸다.
“이 들판에 새로운 건축물을 세워봐라.”
르노들은 그의 명령에 따라 재빨리 사방으로 흩어졌다.
꽃과 들풀을 꺾고 나뭇가지를 잔뜩 주워와 금세 집을 만들었다. 풀을 엮고 들꽃으로 장식한 집은 단순하면서도 화려한 구조였다.

「르노들이 들꽃과 들풀로 엮어낸 멋들어진 집을 완성했습니다!
이 기발한 구조물은 대륙의 훌륭한 미관을 장식할 것입니다.

신력이 110 올랐습니다.」

과연 예상대로였다.

기발한 구조물을 만들면 수리할 때보다 신력이 크게 오른다. 더군다나 집을 만든 건 르노임에도 강윤수의 신력이 올라갔다.

르노의 행동이 창조주에게도 영향을 미치는 덕분이었다.

'르노들은 데리고 다니는 것보단 대륙에 풀어놓는 게 이득이겠군.'

르노들이 간단히 세워놓은 건축물이 110이나 되는 신력을 올려줬다. 대륙 곳곳에 르노들이 활동하고 그 숫자가 늘어난다면 더 많은 건축물을 세워 신력을 늘려줄 것이다.

"르노들이여."

"예. 신이시여."

"내 가르침을 주의 깊게 들어라."

강윤수는 시련에서 그랬던 것처럼 짤막하고 굵은 설교를 시작했다.

르노들은 감격해 마지않는 표정으로 그의 말을 경청했다.

설교 도중에 술을 흩뿌리자 르노들은 울면서 그를 찬양했다.

샤네트는 가여운 눈동자로 르노들을 바라봤다.

"태어나자마자 강윤수 님의 설교를 듣다니. 종족의 장래가 걱정돼요."

"뭐, 미친 신을 모시게 된 것부터가 불행의 시작 아니겠냐."

"그래도 르노들은 행복해하고 있단다. 정말 불쌍하구나."

르노들은 자손을 번영하고 대륙에 아름다운 건축물을 번성케 하라는 설교를 깊이 새겨들었다.

강윤수는 설교를 마친 뒤 르노들을 방생했다.

그리고 하룻밤이 지나자 무려 750의 신력이 쌓여 있었다.

앞으로 방생한 르노들의 숫자가 늘어나고 건축물이 많아질 것이다. 아직은 개체 수가 적지만 생존력이 질기고 날갯짓이 빨라 전멸할 우려는 없으리라.

그러니 신력도 점차 빠르게 늘어나게 된다.

'천벌도 요령껏 쓸 수 있겠군.'

신력 보충원이 생겨 천벌과 창조의 권능을 무난히 쓸 수 있게 됐다.

'이제 남은 건 거신들의 마탑으로 향하는 일뿐이다.'

물론 '없어야 할 자'를 찾아 죽이면 완전한 신이 될 수 있다. 그러나 당장 단서가 없으니 지금의 능력으로 승부를 봐야만 했다.

강윤수는 일행과 함께 매섭게 의뢰를 해결해 나갔다.

대규모 전투들은 천벌을 내려 해결했고 레벨도 손쉽게 올렸다.

그렇게 어느새 전설 의뢰의 최종점에 들어서고 있었다.

【전설 의뢰-마탑으로의 여정(5)】

지금껏 모은 모든 단서와 정보는 하나의 사실로 귀결되고 있다.

거신들의 마탑은 실피아 대륙에 존재하지 않는다는 것.

수수께끼의 안개를 둘러싸고 마탑은 판데모니엄과 대륙의 중간지점에 세워져 있다. 누군가 그곳에서 거신들의 마탑을 재건하고 있다. 만일 마탑이 재건된다면 대륙에는 끔찍한 피바람이 몰아치게 되리라.

케르바스 산맥에서 자정마다 나타나는 악마를 죽이면 마탑의 공간으로 직행할 수 있다고 전해진다.

서둘러 거신들의 마탑으로 향하는 것만이 대륙을 지키는 길이리라.」

케르바스 산맥의 악마는 지금까지의 전설 의뢰를 완수해야만 나온다.

드디어 거신들의 마탑으로 향하는 길이 완성된 것이다.

"드디어 마탑으로 가게 되네요."

"죽을 길은 훤한데 자연사의 꿈은 왜 이렇게 희미한지 모르겠구만."

"그래도 나는 강윤수를 믿는단다."

강윤수는 가만히 서서 다가오는 차가운 바람을 맞았다.

얼마 있으면 첫눈이 내릴 것이다.

'만물의 왕 시리안.'

그와의 싸움은 언제나 죽음을 각오해야만 했다.

그러나 자신은 있었다.

마지막 삶에서 최종적으로 전직한 신은 상상 이상으로 강력했다.

'시리안, 그리고 마황을 죽인다.'

몇 번이고 굳게 다진 다짐이 현실이 되어 주리라고 간절히 믿었다.

반드시 손에 넣으리라.

자신이 그토록 바라온 삶을.

"이제 가자."

강윤수는 케르바스 산맥으로 향했다.

그곳에서 천적을 마주하게 되리란 것을 예상하지 못한 채로.

케르바스 산맥은 안개가 짙었다.

사계절 내내 걷히는 일이 없는 뿌연 흰 안개였다.

끼그르륵-!

안개가 낀 비탈길을 오르는 마차의 바퀴 소리가 사나웠다.

한 기사가 눈썹을 찌푸렸다.

"어째서 황실 기사단 출정에 마차까지 따라붙은 거야?"

"죄인 호송마차라더군."

"죄인? 누굴 체포하는데?"

"나도 그게 알고 싶다."

"젠장. 저놈의 마차 때문에 등정이 느려지잖아. 안 그래도 안개 때문에 제대로 보이지도 않는데."

기사들의 불만을 아는지 모르는지 마부는 마차를 느릿하게 몰아갔다. 제3기사단장 레녹스는 말을 타고 마차의 움직임을 가만히 지켜봤다.

그때 뒤쪽에서 누가 말을 걸었다.

제2기사단장 세이라였다.

"레녹스, 이번 출정에는 확실하게 각오를 다지고 왔겠지?"

레녹스는 고개를 끄덕였다.

"그래. 물론이다."

여기사는 픽 웃었다.

"아직도 우스워. 네가 산적단 따위에게 상처를 입었던 때 말이야."

칼십자 산적단.

레녹스는 아르칸이란 산적과 결투를 하다 칼에 찔린 전적이 있었다.

"변명에 불과하겠지만 당시엔 기사단 전체가 강행군에 지쳐 있었다. 부끄럽게도 난 속임수에 당했고."

"그래도 레벨 차이는 어마어마했을 것 아니야. 그때 또 일부러 봐주면서 싸웠지? 남들 눈엔 아슬아슬하게 싸우는 것처럼 보이도록, 지금은 산적이 되어버린 옛 동료의 명예를 위해서 말이야."

"너도 알잖아. 싸움의 우위는 결코 레벨만으로 판가름할 수 없다."

레녹스는 하타르 산맥에서 있었던 일을 떠올렸다. 레벨은 형편없을지라도 극한의 검술을 보여줬던 무표정한 남자.

선대황제의 자살과 그 남자가 관련이 있다는 심증이 들긴 했지만 구체적인 증거는 없었다.

그 남자의 정체는 무엇이었을까?

딴생각에 잠긴 그와 달리 세이라는 예리한 말을 쏘아붙였다.

"역시 네 문제는 그 고지식한 성격이다. 그러니 다른 기사단장들과의 대련에서 항상 패하는 거라고."

두 기사단장은 한참 시답잖은 대화를 하며 행진 대열을 바라봤다.

그러다가 레녹스가 갑자기 목소리를 낮췄다.

"세이라, 너는 어떻게 생각하지? 이번 출정에 대해서 말이야."

세이라는 긴 눈썹을 찌푸렸다.

"이봐. 레녹스. 내가 저번에 황궁에서 했던 말 잊었어? 황궁에서 이상한 일이 벌어지는 건 누구나 알고 있지만 암묵적으로 비밀이야."

"하지만…… 마음에 걸린다. 특히 이번 출정은 더더욱."

"레녹스, 귀를 닫고 혀를 잘라. 그게 너를 위한 길이니까."

세이라는 그렇게 말하고 말머리를 돌려 다른 기사들에게 향했다. 그러나 레녹스는 그녀의 충고가 귀에 들어오지 않았다.

그때 선두에서 말을 타고 있던 뤼미에르가 손을 올렸다.

곧바로 한 기사가 목청껏 소리쳤다.

"전 기사단. 잠시 휴식!"

마차가 멈췄고 기사들은 휴식을 취했다.

뤼미에르는 기사단장들을 소집했다.

다섯 명의 기사단장이 모두 모이자 그가 입을 열었다.

"기사단장들에게 할 말이 있소."

뤼미에르의 어조는 거만하지 않았고 오히려 정중한 편에 속했다. 그러나 묘한 거부감이 들 정도로 음침한 기색이 짙었다.

제4기사단장 카휄린이 못마땅한 기색을 노골적으로 드러냈다.

"무슨 일인데 그렇습니까?"

"사실 이번 황실 기사단 출정의 목적은 몬스터 토벌이 아니오."

케르바스 산맥의 몬스터 토벌!

그것이 공식적으로 내려온 황실 기사단 출정의 목표였다.

제5기사단장 소든이 당혹스러운 표정을 지었다.

"그게 무슨 말씀이십니까? 몬스터 토벌이 출정 목표가 아니라니요?"

"몬스터 토벌은 굳이 황실 기사단까지 갈 것도 없이 용병대를 고용하면 될 일이오. 우리가 출정한 이유는 더 구체적이고 위험한 것이지."

뤼미에르는 낮게 말했다.

"폐하의 도플갱어. 우린 그 몬스터를 이곳에서 체포해야 하오."

"키시프란 폐하의 도플갱어? 처음 전해 듣는 정보입니다만."

세이라가 눈살을 찌푸렸다.

실험실에서 탈출한 도플갱어에 관해선 당시 극비리 체포 임무를 받았던 제3기사단밖에 알지 못했다.

“자세한 것은 나중에 설명하겠소. 우린 곧 산맥에 접근해 올 그 도플갱어를 체포해 마차로 호송해야 하오.”

“우리가 당신의 말만 듣고 그것이 어명인지 무슨 수로 판단합니까?”

카훼린이 툭 쏘아붙이자 뤼미에르는 간단한 논리로 반박했다.

“출정의 지휘 권한은 내게 있소.”

그렇게 나오니 카훼린은 불만스러운 얼굴로 입을 다물 수밖에 없었다.

“의문이 있네. 뤼미에르.”

헬킨이 처음으로 입을 열었다.

제1기사단장의 발언에 기사단장들의 시선이 일제히 그에게 쏠렸다.

노기사의 기세에 전혀 주눅 들지 않은 사람은 뤼미에르뿐이었다.

“무엇이 의문이오, 헬킨 경?”

“폐하의 모습을 가진 도플갱어가 있다면 응당 체포해 조사를 해봐야 마땅하겠지. 그러나 그것 역시 황실 기사단 전체가 출정할 이유는 되지 못한다고 보네만.”

고작 도플갱어 한 마리에 이 많은 기사가 움직일 필요는 없다. 그러나 연금술사가 회수하려는 것은 도플갱어 속에 든 존재였다.

뤼미에르가 고개를 끄덕였다.

“방해자가 있을 것이오.”

“황실 기사단이 출정해야 할 수준의 방해자라니. 그게 누구란 말인가?”

그가 가라앉은 목소리로 말했다.

“일천 번을 살아온 남자.”

이젠 지겨울 법도 하건만 꿈은 언제나 새롭게 강윤수를 찾아왔다.

그러나 이번엔 악몽이 아니었다.

그는 대륙 위에 서 있었다.

갑자기 혜안의 권능을 사용할 때처럼 시선이 자유롭게 올라갔다. 숨조차 쉬기 힘든 고공, 그리고 대륙 전체가 내려 보이는 기층. 마침내 대륙을 벗어나 둥그런 행성이 보일 정도가 되었다.

그래도 시선은 계속 올라갔다.

아득한 우주에는 수많은 행성이 존재했고 빛나는 별무리가 있었다. 은하를 거치자 자신의 세상이 얼마나 작았는지 깨달을 수 있었다. 저 행성마다, 아니, 다양한 우주에 수많은 세상이 존재하고 있었다.

수없는 세계가 스쳐 지나갔다.

저곳에도 사람이 살아가고 있다.

그가 동료들을 지키려고 했듯 저들도 자신의 세상을 소중히 했다.

시선은 끝없이 올라간다.

그는 기어코 세상 끝을 마주했다.

마침내 도달한 그곳은…….

"……강윤수 님?"

강윤수는 어깨를 건드린 따스한 손길에 눈살을 찌푸리며 일어났다.

샤네트가 미안한 표정을 지었다.

"이제 아침이에요. 그냥 더 주무시게 내버려 둘 걸 그랬나요?"

"괜찮아."

그답지 않게 늦잠을 자 버렸다.

강윤수는 일어나서 일행과 함께 마른 빵으로 간단히 식사를 마쳤다.

"멸망룡의 눈동자 덕분에 산맥이 보여요. 안개가 엄청 퍼져 있네요."

"벌써부터 간담이 서늘하구만."

"후우. 긴장이 되는구나."

강윤수는 4개의 마탑 조각을 동료들과 각각 하나씩 나눠 가졌다. 케르바스 산맥의 악마를 죽이면 그들 모두 마탑으로 이전될 것이다.

샤네트가 문득 물어봤다.

"강윤수 님은 안 무서우세요?"

"인마. 저놈은 지난 삶에서 몇십 번이고 마탑을 다녀왔을 텐데 무서울 리가 있겠냐?"

"그래도 마지막 삶이잖아요."

샤네트가 그를 걱정스러운 눈길로 봤지만 강윤수는 대답하지 않았다.

그저 멀리 있는 산맥을 바라봤다.

천 번이 아니라도 마찬가지였다.

일만이든, 십만이든.

강윤수는 수없이 회귀하게 될지라도 포기하지 않았을 것이다.

"가자."

일행은 케르바스 산맥으로 갔다.

산맥에 진입하자 희뿌연 안개가 거목과 산길 주위로 몹시 짙었다. 안개 너머의 형체만 아른거릴 뿐 눈앞을 분간하기도 힘들 정도였다.

헨릭이 눈살을 찌푸렸다.

"무슨 놈의 안개가 해가 떠도 계속 걷히질 않는지 모르겠군."

"흡혈귀 도시를 둘러싸고 있었던 핏빛 안개가 생각나네요."

짙은 안갯속에서도 강윤수는 앞장서서 거침없이 나아갔다.

바닥에 수북하게 쌓인 낙엽들이 밟고 갈 때마다 산산이 바스러졌다. 지금쯤 산맥의 중심인 호숫가에서 악마가 배회하고 있을 터였다.

그때 아이리스가 갑자기 멈췄다.

"왜 그러세요, 언니?"

"수상한 인기척이 났단다."

귀가 밝은 그녀가 희뿌연 안개에 둘러싸인 주변을 두리번거렸다.

"그냥 들짐승 아니냐?"

"분명 사람의 발걸음 소리란다."

강윤수도 멈춰 섰다.

케르바스 산맥은 산세가 험해 여행객조차 우회해 돌아가는 장소다.

그러나 도플갱어의 귀가 틀렸을 가능성은 적었다. 아주 가끔 길 잃은 노숙자나 범죄자가 산맥에 들어서긴 했다.

'그래도 확인해 봐야겠군.'

혜안의 권능을 발동하자 시선이 자유시점으로 변경되었다.

희뿌연 안개를 뚫고 산맥을 살피자 예상치 못한 광경이 보였다.

'……황실 기사단?'

멀지 않은 거리에 완벽히 무장한 기사들이 매복을 하고 있었다. 검과 갑옷에 새겨진 문장은 틀림없는 황실 기사단의 증표였다.

강윤수는 서둘러 혜안의 권능을 취소하고 다른 길목으로 들어섰다.

샤네트가 의아한 표정을 지었다.
"왜 갑자기 길을 돌아가세요?"
"저쪽에 황실 기사단이 매복해 있어. 다른 길로 가야 해."
동료들도 당황한 표정을 지었다.
"황실 기사단이요?"
"그놈들이 앞길에서 매복했다고?"
"이상한 일이구나."
강윤수는 다른 쪽으로 우회해 걸으며 생각에 잠겼다.
'어째서 황실 기사단이 케르바스 산맥에 있는 거지?'
지금까지의 삶을 토대로 봤을 때 기사단이 여기에 있을 이유는 없다. 물론 천벌을 사용하면 황실 기사단이라도 무난하게 처리할 수 있다. 그러나 일어날 리 없는 일이 벌어졌다는 생각에 어딘가 꺼림칙했다.
'황실의 기사단이 아무런 명목 없이 출정했을 리가 없다.'
저들의 목표가 무엇인지 모른다.
그러나 기사단은 완전무장을 갖추고 '그들의 앞길'에 매복해 있었다. 마치 강윤수 일행이 산맥에 올 것을 미리 예상한 것 같지 않은가.
'뭔가 이상해.'
마음 한구석이 찝찝해졌다.
세상의 기류가 바뀌는 것 같았다.
신이 되어 무난하게 풀렸던 일들이 다시금 꼬이는 기분이 들었다. 그리고 그것이 단순히 불길한 예감이 아니었단 것이 곧 증명되었다.

"위험해요!"

샤네트의 외침에 강윤수는 반사적으로 검을 치켜세웠다.

그늘진 낙엽 더미에서 뛰쳐나온 기사의 칼을 자세를 낮춰 피했다. 그리고 곧바로 급습한 기사의 목덜미에 검을 꽂아버렸다.

"커헉-!"

피를 뿜으며 쓰러진 기사의 뒤편에서 낙엽 더미가 꿈틀거렸다. 동시에 수십 명의 황실 기사가 검을 겨누며 뛰쳐나왔다. 일행은 곧바로 전투태세를 갖추었고 그는 눈동자를 가늘게 좁혔다.

'이곳에도 매복이 있었군.'

강윤수는 위협을 느꼈다.

기사들의 칼이 아닌, 배치에서.

혜안의 권능은 안개에 숨은 매복은 곧바로 봐도, 낙엽 더미로 이중매복을 한 기사는 한눈에 볼 수 없다. 이것마저 강윤수가 눈앞의 매복을 우회할 것을 예견한 묘수 같았다.

일천 번째 삶을 사는 자신의 행동을 읽어내는 자가 있단 말인가?

그가 느끼는 위협은 곧 칼 끄트머리로 변화되었다.

"그의 말대로 정말 이곳에 왔군."

들어본 적이 있는 목소리였다.

낙엽 더미를 풀어헤치고 노기사가 천천히 걸어 나왔다.

제1기사단장 헬킨.

헬킨의 주름진 눈매에 의아함이 깃들었다.

"헨릭? 자네를 이런 곳에서 보게 될 줄은 전혀 몰랐군."

"피차일반입니다만."

헨릭이 사나운 눈초리로 말했다.

다른 기사들과 마찬가지로 헬킨 역시 예리한 검을 빼 들고 있었다.

헬킨은 강윤수를 칼끝으로 가리켰다.

"검 솜씨를 보니 단번에 알겠군. 선대황제께서 돌아가셨던 날 가면을 쓰고 황궁에 침입했던 자 맞나? 그때랑은 다르게 아주 강해졌군."

강윤수는 대답하지 않았다.

다만 칼자루를 더욱 세게 쥐었다.

"어명이 내려졌네, 헨릭. 폐하의 도플갱어를 생포하고 나머지는 전부 사살할 것."

언뜻 침착해 보이는 말투.

그러나 헬킨은 갑자기 사라졌다.

일순간이었다.

파바박-!

어느새 강윤수의 곁으로 다가온 헬킨이 검을 내질렀다.

두 남자의 검이 맞부딪혔다.

챙-!

두 검이 부딪쳤고 맹렬한 파열음을 일어나며 불가루가 튀었다.

콰그작-!

헬킨의 검이 부서졌다.
검의 파편은 뒤쪽으로 날아갔다.
그러나 헬킨은 그대로 검의 궤도를 바꿔서 길게 휘둘렀다.
반쪽으로 부러진 검이라도 그 칼날은 변함없이 예리했다.
우둘투둘한 칼날이 목덜미를 뜯어버리려는 순간.

챙-!

두 무기가 교차하며 뾰족한 금속 파편이 눈발처럼 휘날렸다.
헬킨은 바닥에 떨어지는 금속 파편을 발등으로 차올렸다.
강윤수는 검을 길게 뉘여 예리한 파편을 막아냈다.
빈틈을 발견한 순간 헬킨은 칼자루를 쥐고 세차게 내려쳤다.
날이 서 있진 않아도 어깨뼈를 박살 낼 만한 위력이 담겨 있었다.
강윤수는 뒤로 물러나며 아슬아슬하게 공격을 피해냈다.
헬킨은 부서진 칼을 던져 버렸다.
"빼어난 검이군."
그리고 허리춤에 매여 있는 두 번째 칼에 손을 가져갔다.
"내게도 그에 맞먹는 검이 있지."
칼날이 유독 찬란한 검이었다.
헬킨은 검을 쥐며 눈썹을 올렸다.

“검이 내짖는 소리 때문에 시끄럽군. 네놈을 베고 싶어 안달이 난 거 같군. 네놈이 신이라도 되나? 하기야 베어보면 알게 되겠지.”

갓 브레이커는 오로지 신만을 벨 수 있는 특수무기였다.

강윤수는 저 검이 빛나는 순간부터 괜스레 힘이 빨리는 느낌이었다.

단순히 기분 탓이 아니었다.

「신의 천적, 갓 브레이커를 든 기사를 마주했습니다.
갓 브레이커는 신을 죽이기 위해 만들어진 무기입니다.
신을 상대하기 위해 갓 브레이커가 진정한 성능을 개방했습니다.
모든 권능을 봉인 당했습니다!
봉인을 해제하려면 갓 브레이커를 빼앗거나 부서뜨려야만 합니다.」

‘신의 천적?’

모든 권능의 봉인!

신의 주력 기술을 봉쇄당했다.

헬킨은 전략을 짤 시간을 주지 않고 곧바로 공격해 왔다.

방금보다 더 빠르고 정교한 동작!

강윤수는 불멸의 검을 맞세웠다.

검을 맞대는 순간 헬킨의 검이 강윤수의 칼날을 그대로 통과했다.

서걱-!

강윤수는 입술을 꽉 깨물었다.
급하게 피하려 했지만 완벽한 회피는 불가능했다.
그의 복부에 깊은 상처가 남았다.
단순히 검에 베인 것 이상의 격통에 의식이 희미해졌다.

「갓 브레이커에 베였습니다!
천적에게 입은 상처는 창조의 권능으로 복구할 수 없습니다.
갓 브레이커에 깊게 베인 상흔은 신력을 계속 손실시킵니다.
서둘러 출혈을 막지 않으면 신력이 계속해서 빨려 나가게 됩니다.」

'……젠장.'
강윤수는 힘을 잃고 비틀거렸다.
헬킨은 쉴 틈을 주지 않았다.
곧바로 연속 동작에 들어가려는 찰나, 사슬이 걸린 낫이 날아들었다.
샤네트가 던진 사슬낫이었다.
헬킨은 검으로 쳐내려 했지만 칼날이 낫을 통과해 버렸다.
강윤수는 그 광경을 똑똑히 봤다.
그러나 노기사는 곧바로 몸을 비틀어 낫의 궤도를 피해냈다.
그 틈에 강윤수는 뒤로 물러났다.
두 사람의 거리가 떨어지자 다른 기사들이 강윤수를 협공

하려 했다.

기사들이 칼을 들며 나설 때였다.

"사그라지지 않는 화염!"

레드 타이런트의 고유스킬!

샤네트가 스킬을 발동하자 맨땅에서 거센 화염이 솟아올랐다. 기사들은 황급히 물러섰지만 축축한 안개에도 불은 진압되지 않았다. 오히려 바닥에 흩뿌려진 마른 낙엽들을 집어삼키며 불길이 커졌다.

샤네트가 빠르게 속삭였다.

"제 마나가 다 떨어지면 불길이 꺼질 거예요. 서둘러야 해요!"

"그래. 물러나는 게 좋겠다."

헨릭이 부상 당한 강윤수를 등에 업으려 했다. 그러나 아이리스가 강윤수를 조심스레 끌어당겨 먼저 업었다.

"내가 힘이 더 좋으니 강윤수를 부축하겠단다."

"솔선수범해서 대견하구만."

헨릭은 헬킨을 바라봤다.

일행과 기사들 사이로 사그라지지 않는 불꽃의 경계선이 생겨났다.

헬킨이 소리쳤다.

"헨릭, 황실의 명이다. 그 도플갱어를 넘기면 자네만은 살려주겠다."

헨릭은 정중하게 비아냥거렸다.

"송구스러우나 닥치시겠습니까?"

"바뀌었군. 자네에게 남을 위해 희생하는 감성 따윈 없었을 텐데."

"노인장께서는 살려준다고 살려주는 성질머리가 아니지 않습니까?"

헬킨은 차가운 얼굴로 말했다.

"자넨 죽게 될 거다."

헨릭은 자신의 일행을 턱짓했다.

"이놈들이 죽는 것보단 낫군요."

불타는 거목이 쓰러지며 두 남자의 시선은 차단되었다.

일행은 의식을 잃은 강윤수를 부축하고 그곳을 벗어났다.

강윤수의 상처 입은 복부에서 피가 줄줄 흘러나왔다.

"강윤수 님이 피를 너무 많이 흘리고 계세요!"

그러나 불과 연기가 많이 퍼지고 있어 함부로 그를 눕힐 수 없었다.

"일단 피난처부터 찾아야겠다. 지금 산맥에 불이 너무 많이 퍼졌어!"

"제 마나가 전부 떨어져도 옮겨붙은 불꽃이 꺼지지 않고 있어요!"

피어오르는 연기를 보고 기사들이 이쪽으로 들이닥치게 될 것이다. 거기다 뜨겁고 매캐한 연기가 부상자에게 좋을 리도 없었다.

콰지지직-!

불타는 거목이 쓰러져 앞길을 막았다.

불에 피해가 없는 샤네트가 거목을 걷어차 부수고 길을 만들었다.

"서둘러요!"

불티가 흩날리고 안개에 연기가 씌워져 한 치 앞도 보이지 않았다. 그러나 불타는 거목들이 연거푸 쓰러지며 앞길을 계속 막아섰다.

아이리스는 간담이 서늘해졌다.

강윤수가 흘린 피가 그녀의 등을 축축하게 물들이고 있었다.

그는 정말로 위험한 상태였다.

"강윤수가 피를 너무 많이 흘리고 있단다! 내가 하늘로 날아서 강윤수부터 피신시키는 게 어떻겠니?"

지금은 화재의 위협보다 강윤수가 죽어가는 것이 훨씬 문제였다.

샤네트는 불에 면역이며 아이리스에겐 드래곤의 비늘이 있었다.

유일하게 헨릭은 화재에 죽을 수도 있지만 그는 단호하게 소리쳤다.

"그래! 일단 그놈부터 살려!"

아이리스가 날개를 펼치고 강윤수를 안은 채 날아올랐다.

그 순간 하늘에서 반투명한 보호막이 그녀를 막아섰다.

「최상급 연금술로 이루어진 결계가 펼쳐져 있습니다.

최소 72시간 동안 그 누구도 결계 밖으로 나갈 수 없습니다.」

산맥에 펼쳐져 있는 최상급 결계!

사흘 동안 도피가 불가능해졌다.

아이리스가 다급히 힘을 쏟아내 후려쳤지만 결계는 꿈쩍하지 않았다.

의식을 잃은 강윤수는 피를 많이 흘려 점차 혈색이 창백해지고 있었다.

아이리스는 눈물을 흘리면서 어쩔 줄 몰라 했다.

이대론 그가 죽어버릴지 모른다!

이제 그녀가 걸 수 있는 희망은 단 하나뿐이었다.

'흰 그림자! 제발, 제발……!'

아이리스는 간절히 애원했다.

강윤수를 살려달라고.

그러나 흰 그림자는 대답하지 않았다.

매캐한 연기가 거슬러 올라와 그녀의 폐부를 뜨겁게 달구었다.

강윤수의 숨소리가 옅어졌다.

절체절명의 순간.

흰 그림자의 의사가 전해져 왔다.

오른편 길목.

푸른 바위 앞 왼편 길.

석벽 너머 동굴.

아이리스는 곧바로 내려왔다.

헨릭이 쿨럭이면서 물어왔다.

"왜 안 도망치고 내려왔냐?"

"결계 때문에 도망칠 수 없구나! 대신 피난처를 알고 있단다!"

아이리스가 앞장서서 강윤수를 안고 달렸다.

불타는 거목이 쓰러져 있으면 샤네트가 직접 치워내 길을 만들었다. 그들이 도달한 곳은 깎아지른 절벽으로 막힌 막다른 석벽이었다.

"여긴 막다른 길이에요!"

아이리스는 석벽을 빨리 살폈다.

왼쪽 끄트머리 작은 덤불.

언뜻 찬바람이 느껴졌다.

그녀가 수풀을 걷어내자 석벽 너머로 숨겨진 동굴 입구가 드러났다.

"여기란다!"

일행은 몸을 숙이고 동굴로 들어갔다.

입구는 좁지만 내부는 넓었다.

불길도 동굴까지 오지는 못했다.

"포션! 있는 거 죄다 다 꺼내!"

헨릭이 강윤수를 눕혔고 아이리스가 치유포션을 모조리 꺼냈다.

상의를 벗기자 복부에 입은 상흔이 예상보다 훨씬 깊었다.

샤네트가 가장 값비싼 치유포션을 사용해 그의 상처에 발랐다. 그러나 이상하게도 상흔은 쉽사리 아물 기세를 보이지 않았다.

"망할! 왜 치유가 안 되는 거야!"

"저라고 알겠어요? 정신 사나우니까 조용히 좀 하세요!"

"두 사람 다 진정 좀 하렴!"

모두가 신경이 곤두서 있었다.

치유포션은 상처를 회복하진 못했지만 의식만은 되살려 줬다.

강윤수는 눈꺼풀을 느리게 올렸다.

"강윤수 님?"

샤네트가 황급히 말했다.

강윤수는 천천히 시선을 움직여 복부의 상처를 내려 보았다.

포션으로 치유 불가능한 출혈.

그가 힘겹게 말했다.

"샤네트."

"네. 여기 있어요."

그는 숨을 헐떡이며 말했다.

"상처를 불로 지져줘."

"네?"

"출혈을 막아야 해."

샤네트는 입술을 꼭 깨물었다.

강윤수가 갈라지는 목소리로 재촉했다.

"빨리."

"……고통스러울 거예요. 죄송해요."

샤네트가 불꽃을 엷게 휘감긴 손을 복부의 상처로 가져갔다. 강윤수는 끔찍한 신음을 쏟아내며 격통에 몸부림쳤다.

괴롭고 지옥 같은 시간이었다.

이윽고 손을 떼자 복부에 진득한 화상 자국이 남았고 출혈이 멎었다.

그는 창백한 얼굴로 벌거벗은 상체를 일으켰다.

"고마워."

"정말로 진짜……!"

샤네트가 강윤수를 끌어안았다.

헨릭과 아이리스도 안도의 한숨을 쉬었다.

"걱정 좀 시키지 마라, 인마."

"죽지 않아서 정말 다행이란다!"

출혈은 멎었지만 이미 피를 많이 흘린 상태라 휴식이 필요했다.

강윤수는 힘없는 손길로 샤네트의 어깨를 부여잡았다.

"샤네트."

"왜 그러세요?"

"피 줘."

샤네트는 약간 당황했지만 곧 눈을 감고 고개를 끄덕였다.

강윤수는 그녀를 안고 하얀 목덜미를 깨물었다.

그러자 대흡혈 스킬로 인해 그녀의 피가 자신에게로 흡수되었다.

'이제야 살겠군.'

피가 차오르자 어느 정도 생기가 회복되고 머리 회전이 빨라졌다.

강윤수는 생각에 잠겼다.

'갓 브레이커.'

신의 천적!

그런 검은 지난 삶에서도 본 기억이 전혀 없었다.

헬킨이 어디서 그런 검을 손에 넣었을까?

그뿐만이 아니었다.

아이리스의 말에 의하면 산맥에 최상급 결계가 펼쳐져 있다고 했다.

"최소 사흘은 나갈 수 없게 되어 있었단다."

"그럼 산맥 밖으로 도망칠 수도 없겠구만."

당장 이 동굴을 발견하진 못할 것이다.

그러나 황실 기사단들은 점차 포위망을 좁혀올 것이 분명했다. 헬킨이 내뱉은 말에 의하면 아이리스를 포획하고 남은 일행을 학살하는 것이 목표라고 했다.

기사단은 머지않아 자신들을 찾아낼 것이다.

그러니 빨리 산맥의 악마를 처치하고 거신들의 마탑으로 가야 했다.

'다시 어려워졌군.'

또다시 생겨난 마지막 삶의 변수.

그들은 궁지에 몰려갔고, 신의 권능마저 봉인 당했다.

지금 황실 기사단과 전투를 벌이는 것도 승산이 없진 않을 것이다.

네버데드 드래곤을 소환하는 불멸의 검의 성능이 있으니.

그러나 그 성능은 거신들의 마탑으로 가서 사용해야만 했다.

강윤수는 예전에 느꼈던 의심이 현실이 된 것을 느꼈다.

'황궁에 내가 모르는 뭔가가 있다.'

예전에도 황궁에서 마주할 리 없었던 헬킨과 맞붙은 경험이 있었다.

결코 우연이 아니었다.

자신을 궁지에 몰아넣어 온 흑막이 황실 기사단 측에 있는 게 분명했다.

그러나 그는 두려워하지 않았다.

오히려 반가웠다.

'드디어 마주할 수 있겠군.'

마지막 삶에서 일어나는 변수들.

자신이 모르는 수많은 비밀들.

흑막도 관련이 있을 게 분명했다.

'그럼 천적부터 해결해야 한다.'

갓 브레이커!

봉인 당한 권능을 다시 손에 넣기 위해선 그 검부터 처리해야만 했다.

강윤수는 오른손을 뻗었다.

"샤프니스 샤프 소환."

환히 웃는 라이트와 손을 맞잡은 샤프가 동굴 안에 소환됐다.

"와아! 오늘은 내가 샤프한테 끌려 나왔네? 축하해, 샤프!"

"저, 저처럼 쓸모없는 정령을 불러주시다니…… 감사합니다……!"

강윤수는 차원배낭에서 각혈의 마검을 꺼냈다.
멸망룡을 잡고 얻은 전설 등급 검!
그가 검붉은 칼을 쥐고서 말했다.
"샤프."
"왜요……?"
"싸울 준비해."
강윤수는 각혈의 마검으로 샤프의 정수리를 내리찍었다.

콰직-!

2장
샤프의 각성

샤프가 검에 찔리는 순간 라이트와 맞잡은 손이 떼어졌다.

각혈의 마검에 정수리를 움푹 찍힌 샤프는 그대로 쓰러져 버렸다.

라이트가 깜짝 놀라며 소리쳤다.

"샤프가 죽었어!"

바로 그때였다.

역수로 꽂힌 검붉은 검이 샤프의 정수리로 조금씩 흡수되었다. 검은 쇠붙이에서 무형의 기운으로 바뀌었고 샤프 안에 녹아들어 갔다.

「검의 정령 샤프가 각혈의 마검을 흡수합니다.

전설 등급의 명검!

샤프가 발검 상태로 각성합니다.

특수한 전투능력이 생겨납니다.
칼의 위치를 추적할 수 있습니다.
정령의 성격이 [우울/소심]에서 [대담/직설]로 변화합니다.」

샤프니스의 각성!

발검 상태로 돌입한 샤프의 외견이 조금씩 변하기 시작했다. 몸 테두리에 붉은빛이 감돌고 음침하게 헝클어진 머리가 정돈됐다. 축 처져 있던 어깨와 허리를 꼿꼿하게 펴니 인상이 확연히 달라졌다.

샤프는 정수리를 툭툭 털었다.

"아…… 칼 꽂을 거면 말 좀 하고 꽂지. 심장 떨어질 뻔했잖아요."

"시간 아끼려고."

"뭐, 그렇게 신경 쓰진 않아요. 사실 별로 아프지도 않았고."

샤프는 말을 전혀 더듬지 않았다.

예전처럼 우울한 기색이나 느릿한 말투도 찾아볼 수 없었다.

"근데요. 사실 옛날부터 그러고 싶었는데, 이름으로 불러도 돼요?"

"어."

"강윤수는 과묵하고 멋져서 좋아요. 가끔 닮고 싶다는 생각도 했구요. 물론 술에 미치고 싶진 않지만."

헨릭이 헛웃음을 지었다.

"어째 지나칠 정도로 당당하게 변한 것 같은데?"

라이트는 새롭게 변한 샤프가 마음에 들었는지 환하게 웃었다.

"샤프. 너 되게 멋있어졌다! 허리를 곧게 펴니까 키도 훨씬 커 보여. 앞으로도 계속 손잡고 다니자."

라이트가 손을 붙잡았다.

그러나 샤프는 그 손을 뿌리쳤다.

"이제 됐어."

"샤프. 너, 지금 뭐라고 했어?"

라이트가 놀라서 입을 벌렸다.

샤프는 대담하게 대꾸했다.

"솔직히 네가 그렇게 좋진 않아."

라이트의 얼굴에서 순간 웃음이 사라졌다.

소녀의 표정이 차가워졌다.

"그 말은 지금 나랑 친구 하기 싫다는 거야?"

"그야 누가 친구 하고 싶겠어? 세상에 너처럼 미친 정령이랑 친구 먹고 싶어 할 녀석도 얼마 없을걸?"

"지금 나보고 미쳤다고 했니?"

"두 번 말해줘?"

샤프는 전혀 겁먹지 않고 뻔뻔할 정도로 솔직한 말만 내뱉었다.

라이트는 달라진 샤프의 태도에 화가 났는지 전혀 미소가 없었다.

헨릭이 픽 웃었다.

"이제야 저놈들이 진짜 쌍둥이 남매처럼 보이기 시작하는데."

"샤프가 너무 대담해져서 그런가 봐요. 소심했을 때는 라이트를 무서워해서 말도 잘 못 했었는데."

라이트는 긴 눈썹을 추켜세웠다.

"왜 나랑 친구 하기 싫다는 거야?"

"으음. 웃으면서 몬스터 학살하는 게 정상은 아니잖아. 물론 웃는 게 잘못은 아니지만, 친구가 안 되어준다고 하니까 죽일 거라는 논리는 남들한테 분명 이상하게 보일 거야."

"난 안 미쳤어."

"글쎄. 하지만 너랑 남들의 생각이 다를 수도 있겠지."

라이트는 샤프를 휙 쏘아봤다.

"그래? 샤프는 날 평소에 그렇게 생각하고 있었구나? 그럼 다신 친구 안 하면 되겠네! 너 말고 다른 친구들이랑 지내면 되니까 말이야!"

"너, 나 말곤 진짜 친구 없지 않았어?"

라이트는 양 주먹을 꽉 쥐었다.

눈물을 억지로 참는 것 같았다.

그러다 앙칼지게 소리쳤다.

"넌 나빠졌어!"

"넌 착하단 것처럼 말하네."

샤프는 태연한 얼굴로 끝까지 말 한마디 지지 않고 반박했다.

라이트는 분한 듯 입술을 깨물었다가 신경질적으로 고개를 돌렸다.

그리고 바로 소환계로 돌아갔다.

아이리스가 걱정스러워했다.

"라이트가 화가 난 모양이구나."

그러나 샤프는 어깨만 으쓱였다.

"라이트가 나쁜 정령은 아니지만 자기 위주로만 생각하는 경향이 강하죠. 이번 기회에 고쳐졌으면 해요."

"샤프는 정말 많이 달라졌단다."

"그야 할 말은 하고 살아야죠."

샤프의 성격이 변화한 만큼 전투력은 이전보다 훨씬 올랐다.

발검 상태는 한시적으로 유지된다.

그러니 황실 기사단을 상대로 적절한 순간에 빠르게 이용해야만 했다.

강윤수는 말했다.

"네가 싸워야 할 시간이다. 샤프."

샤프가 흔쾌히 고개를 끄덕였다.

"까짓거 해봐야죠, 뭐."

황실 기사단은 화재를 진압하고 타버린 지역을 수색하고 있었다.

제5기사단장 소든이 소리쳤다.

"결계 밖으로 나가지 못하니 산맥에 있을 것이다. 램프 기름을 아끼지 말고 주변을 샅샅이 수색하라!"

기사들은 램프를 들고 수풀을 걷거나 발자국을 살폈다.

한 기사가 크게 소리쳤다.
"이곳에 동굴이 있습니다!"
소든은 제5기사단을 소집하고 석벽으로 향했다.
과연 수풀에 숨겨진 조그만 동굴 입구가 존재했다.
입구 주위로 희미한 발자국이 잔뜩 찍혀 있기도 했다.
소든이 안을 들여다보자 흥건한 핏자국이 바닥에 남아 있었다.
도망자가 흘린 피가 분명했다.
"이 동굴을 살펴보겠다. 전원 무장한 채 들어가도록 한다."
"옛!"
마흔 명이 넘는 제5기사단 전체가 동굴로 진입했다.
그들은 램프를 휘저으며 어두운 동굴 내부를 살폈다.
그러나 인기척은 찾을 수 없었다. 그들이 좀 더 동굴 깊숙한 곳으로 들어가 보려던 순간이었다.

드드드-!

기사들의 허리춤에 매여 있는 칼자루가 갑자기 떨리기 시작했다.
"어, 어?"
단순한 진동이 아니었다.
검이 칼집에서 빠르게 빠져나오더니 동굴 어두운 곳으로 움직였다.
허공으로 날아가는 칼들!

당황한 기사들은 칼자루를 쥐려 했지만 칼은 이미 떠나간 뒤였다. 유일하게 칼이 날아가기 전 칼자루를 잡아챈 기사는 소든뿐이었다.

"젠장. 이게 무슨 일이야?"

"왜 갑자기 칼이 날아간 거지?"

검을 잃은 기사들은 당황했다.

소든이 눈매를 세우며 소리쳤다.

"누군가 다가온다!"

뚜벅……뚜벅……뚜벅…….

동굴의 어두운 곳에서 느릿한 발걸음 소리가 들려왔다.

기사들은 경계 어린 태세를 갖추고 상대방에게 주목했다.

그러나 어두운 곳에서 걸어 나온 것은 아직 어려 보이는 소년이었다.

소든은 눈살을 찌푸렸다.

'소년…… 아니, 정령인가?'

소년의 곁에 감도는 검붉은 기운은 인간의 것이라고 할 수 없었다. 이제 보니 소년답지 않게 성숙한 외견도 인간과 거리감이 있었다.

검의 정령 샤프!

그가 혼자 걸어 나온 것이다.

예상과 다른 상대방의 모습에 기사들의 경계가 누그러졌을 때였다.

샤프가 검지를 내리그었다.

서걱-!

어두운 곳에서 날아든 칼날이 앞에 서 있던 기사의 목을 꿰뚫었다.
"커, 커헉-!"
그 기사는 피를 토하며 쓰러졌다.
기사들은 동료의 사망에 놀라기보다 반사적으로 샤프에게 달려들었다.
샤프는 제자리에 가만히 있었다.
그저 손가락만 살짝 움직였다. 그리고 그 작은 움직임에 수많은 칼이 화살처럼 날아가 기사들의 목을 꿰뚫었다.
"커허헉-!"
기사들이 멍청하게 가만히 서 있기만 했던 것이 아니었다.
재빠르게 회피하고 움직였으나 소년이 집요하게 숨통을 끊어버렸다. 지금의 샤프에게서 소심하던 시절의 면모는 전혀 찾아볼 수 없었다. 그저 성격이 대담하게 바뀌었을 뿐인데도 전투가 확연히 달라졌다.
핏물에 얼굴이 창백해지고 겁먹어서 꼼짝도 못 했던 예전과 달리 정령이 다루는 칼은 매섭고 잔인했다.
기사들은 주먹을 뻗거나 체면을 버리고 돌까지 주워 던졌다. 그러나 허공에서 자유자재로 활보하는 칼들이 공격을 차단했다.

챙—!

"커, 커헉!"

기사들이 쓰 러져 갔다.

샤프는 정확한 순간에 적절한 공격으로 숨통을 철저히 끊어버렸다. 소든은 과격하게 장검을 휘두르며 자신에게 날아온 칼들을 쳐냈다. 그러나 부하들은 고작 몇 분 만에 숨이 끊어진 이후였다.

소든은 순식간에 시체 더미가 된 기사단을 두고 샤프를 마주 봤다.

그가 차가운 목소리로 물었다.

"왜 내 기사단을 죽였나?"

"약하니까 나한테 죽었지."

샤프의 무자비한 말투가 소든의 분노를 돋웠다.

그가 굳은 얼굴로 말했다.

"우린 네게 볼일이 없었다."

"거짓말. 사람 죽이러 왔잖아."

"공무(公務)의 수행일 뿐이다."

"제국에서 살인도 시켜?"

"너랑은 관련 없는 일이다."

"그렇게 따지면 이 기사들이 죽은 것도 너랑은 관련 없는 일인데?"

소든은 이를 갈며 칼을 들었다.

"지금 이 시점부터 널 아이라고 생각하지 않겠다."

"마음대로 해. 난 가만히 있겠어."

"……뭐라고?"

샤프는 시체들을 가리켰다.

"네게 복수할 기회를 주는 거야."

소든은 격노했다.

"검에게 흙의 가호를!"

황실기사단장의 고유스킬!

검에 흙의 기운을 두르는 검술로 동굴에선 최적의 위력을 발휘했다. 소든이 준비 자세를 갖추자 동굴 전체가 매섭게 울리기 시작했다. 종유석이 떨어지고 힘의 격동에 놀란 박쥐들이 날아다녔다.

소든은 돌격했다.

흙의 기운을 휘감은 묵직한 일격이 샤프의 목을 파고들었다.

콰직-!

소든의 일격은 정확히 들어갔다.

날카로운 칼 끄트머리가 샤프의 목을 완벽히 파고들었다.

그러나 기대했던 비명은 전혀 들려오지 않았다.

소든은 끔찍한 기분을 맛봤다.

검에 찔린 샤프가 몸부림치기는커녕 오히려 미소를 짓고 있었다.

'……어째서?'

소든의 등골에 식은땀이 흘렀다.

샤프가 자기 목에 꽂힌 칼을 톡톡 치면서 비웃었다.

“이제야 가르쳐주지만 난 검의 정령이야. 샤프니스. 검사들의 천적.”

소든의 검은 샤프에게 그대로 흡수되어버렸다.

놀란 소든은 곧바로 물러나려 했지만 샤프의 손아귀에 목이 잡혔다.

“커, 커허헉!”

숨이 막혀 괴로웠다.

샤프는 손힘을 늦추지 않았다.

소든의 눈앞이 희미해질 때였다.

“거기까지만 해.”

강윤수 일행이 동굴 깊은 곳에서 걸어 나왔다.

샤프가 고개를 돌리며 물었다.

“왜요?”

“물어볼 게 있어.”

그러자 샤프는 두말없이 소든을 놓아줬다.

헨릭은 주위에 널린 시체들을 보며 기가 찬 표정을 지었다.

“성격 좀 바뀌었다고 이렇게까지 세지는 게 말이나 되냐? 아예 혼자서 기사단을 쓸어버렸네.”

“원래 샤프가 소환수 중에서 레벨이 제일 높았어.”

소심하고 우울한 성격이 샤프의 전투능력을 극심하게 억압했다.

거기다 그뿐만이 아니었다.

전설 등급 검을 흡수한 위력!

발검 상태에 이른 샤프가 그만큼 강력해진 이유였다.

샤프가 혼자서 기사단을 해치우게 한 이유는 외견으로 방심케 해 도주나 합류할 병력을 막기 위해서였다.

샤네트는 한숨을 쉬었다.

"황실 기사들을 죽였으니 이젠 우리도 범죄자 신세겠네요."

"이미 기사들에게 신분이 노출됐으니 지금 가면을 쓰거나 얼굴을 숨겨도 소용이 없겠구나."

"뭐, 정당방위지. 기사들한테 칼 맞아서 죽을 수 없진 않겠냐."

목을 감싸던 소든은 헨릭을 보더니 놀란 표정을 지었다.

"헨릭? 황녀 전속 세공사였던 당신이 어째서 이런 곳에 계십니까?"

헨릭은 괜스레 우울한 표정을 지었다.

"그 설명은 길고 애달프며 시간도 낭비되니 관두도록 하지."

강윤수는 정보가 필요했다.

그가 소든의 목에 칼을 겨눴다.

"이번 황실 기사단 출정의 지휘권자가 누구지?"

"절대 말할 수 없다. 손가락을 자르든, 눈알을 뽑든 마음대로 해라."

"네게는 4살짜리 외동딸이 있다."

냉철함을 유지하던 소든의 얼굴에 처음으로 당황한 낯빛이 스쳤다.

"딸? 그게 무슨 소리냐?"

소든은 짐짓 모르는 체를 했다.

그러나 강윤수는 낮게 협박했다.

"소피아 시네슬. 현재 백치인 네 아내와 행복하게 살고 있을 테지."

"이 썩을 개자식이!"

목에 칼이 겨누어졌는데도 소든은 강윤수에게 달려들려고 했다. 그는 소든의 배를 걷어찬 뒤 양팔을 단단히 짓밟아 봉쇄했다.

소든은 거친 숨을 몰아쉬며 참을 수 없는 격노를 토해냈다.

"그 아이의 손끝 하나라도 건드린다면 맹세코 네놈을 찢어 죽이겠다!"

"나보다 네 딸이 먼저 죽는다는 것을 명심해라."

"개자식! 네놈이 결계 밖으로 살아나갈 수 있을 거라 생각하나?"

"반대로 묻지. 내가 결계 밖에 사람 하나 풀어놓지 않았을 거라 생각하나? 네 뒷조사는 이미 끝냈다."

진지한 두 사람의 분위기와 달리 일행은 질렸다는 표정을 지었다.

"저것도 천 번 살면서 그냥 알고 있는 사실일 것 아니야? 참나. 계속 저런 식으로 사기를 쳐왔구만."

"쉿! 듣겠어요."

아이리스가 고개를 끄덕였다.

"강윤수는 진짜 나쁜 놈이란다."

분노로 부르르 떠는 소든에 아랑곳하지 않고 강윤수는 담담히 말했다.

"다시 한 번 묻겠다. 신중하게 대답해라. 이번 황실 기사단 출정의 지휘권자가 누구지?"

격노하고 망설이던 소든은 이를 갈면서 사실을 토해냈다.

"뤼미에르 키잔! 황실 연금술사다. 그 이상은 발설할 수 없다."

강윤수는 눈살을 찌푸렸다.

뤼미에르 키잔?

키메라 디멘션을 만들고 아이리스를 실험체로 부렸던 연금술사였다.

"그자가 여제의 도플갱어 생포 계획을 주도했나?"

"지휘권자이니 당연하다."

"뤼미에르가 내뱉은 수상한 말이나 의문스러운 행적은 있나?"

"그런 건 없었다."

강윤수는 소든의 목에 드리운 칼날을 곧게 세웠다.

"대답 여하에 따라 네 딸 소피아의 생존 여부가 갈릴 것이다."

"젠장……."

"백치인 아내도 딸 없이 살아봤자 그다지 행복하진 않겠군. 차라리 일찍 숨을 거두도록 돕는 편이……."

"빌어먹을! 생각 중이란 말이다!"

소든은 뤼미에르의 행적을 깊게 되돌아보는지 눈살을 찌푸렸다.

그러다 큰 소리로 소리쳤다.

"일천 번 살아온 남자!"

강윤수의 손이 불현듯 떨렸다.

그는 자신의 귀를 의심했다.

"방금 뭐라고 했지?"

"천 번…… 천 번 살아온 남자가 도플갱어 생포를 방해할 거라고 했다. 수상스러운 말은 그것뿐이었어!"

강윤수의 눈썹이 일그러졌다.

일천 번 살아온 남자?

뤼미에르, 그가 어떻게 자신이 회귀한 사실을 알고 있는 거지?

그는 칼을 살짝 움직였다.

"수상한 말은 그뿐이었나?"

"뤼미에르는 원래 말이 없고 음침한 작자다! 수상했던 건 그 말뿐이었다. 일천 번 살아온 남자란 것이 무슨 의미인지 그 이상 설명하지도 않았지만…… 정말로 그뿐이었다!"

"뤼미에르는 지금 어디 있지?"

"병력이 흩어져서 알 수 없다. 반나절 뒤 산맥에 있는 호숫가에서 모든 기사단이 집결하기로 되어 있다."

강윤수는 한숨을 쉬었다.

"이제 됐어."

"내 딸과 아내는 건드리지 마라!"

"그거 거짓말이야."

"뭐, 뭐라고?"

강윤수는 칼자루로 소든의 머리를 세게 내려쳐 단박에 기절시켰다.

퍽!

“어억!”

기절한 소든을 내버려 두고 강윤수는 깊은 생각에 잠겼다.

‘뤼미에르…….’

단순히 신의 권능을 되찾고 악마만 죽여서 될 일이 아니었다.

자신의 회귀를 아는 자.

시리안과 흰 그림자를 제외하고도 뤼미에르가 추가되었다.

그는 뤼미에르를 만나봐야 했다.

‘뤼미에르가 어째서 지금 아이리스를 생포하려는지 알 수 없군. 단순히 여제의 도플갱어라서 그렇기엔 미심쩍은 구석이 많다. 어쩌면 흰 그림자와 관련이 있을지도 몰라.’

황실연금술사 뤼미에르 키잔.

신의 천적, 갓 브레이커.

어느 것을 먼저 해결해야 할까.

강윤수는 결정을 내렸다.

둘을 동시에 해결 짓기로.

“샤프, 갓 브레이커의 위치를 추적해.”

각성한 샤프가 새로 얻은 능력!

검의 위치를 추적할 수 있었다.

“신살검 말이죠? 아까부터 신비롭고 강력한 그 검의 기운이 멀리서부터 강하게 느껴지고 있었어요.”

샤프는 고개를 끄덕이고 동굴 밖으로 움직였다.

일행은 조용히 그 뒤를 따랐다.

한밤중.

제4기사단은 산맥의 봉우리를 샅샅이 수색하고 있었다.

길을 잃기 쉬운 야산이었다. 더군다나 가파른 길을 여럿이 오르다 보니 넘어지는 일도 잦았다.

제4기사단장 카훼린은 램프를 휘저으며 불만스러운 표정을 지었다.

'체력만 낭비하는 꼴이군. 망할.'

기사단이 많다곤 하지만 이 드넓은 산맥을 언제 다 뒤진단 말인가. 거기다 아무리 밤눈이 좋은 기사들이라고 해도 야산은 위험했다. 램프를 사용한다고 해도 산맥을 둘러싼 안개 탓에 시야가 어두웠다. 그래서 카훼린도 말에서 내려 도보로 산을 등정하고 있었다.

"주위를 잘 찾아봐라! 목표는 산맥에서 벗어나지 못한다!"

제4기사단은 구역을 나누고 흩어져 밤새 산맥을 수색했다.

보름달이 중천에 떠올랐지만 들짐승만 간간이 보일 뿐이었다.

별다른 소득 없이 수색이 이어지고 있을 때였다.

"으아아악!"

별안간 비명이 울렸다.

"무슨 일이냐!"

카훼린은 부하들을 대동하고 서둘러 비명이 들려온 곳으로 달려갔다.

그늘진 거목들 아래 덤불.

새빨간 핏물이 흥건했다.

조심스레 덤불을 걷어보니 머리가 참혹히 뜯긴 기사의 시체가 있었다.

동료가 살해당했다!

기사들은 긴장하며 허리춤에 찬 칼자루에 손을 가져갔다.

이 기사를 살해한 자가 아직 근처에 있을 것이 분명했다.

“다들 긴장을 늦추지 마라.”

카훼린의 경고에 기사들은 마른침을 삼키며 고개를 끄덕였다.

어두운 산속에 바람이 흘렀다.

그리고 그 순간.

모든 램프의 불이 꺼졌다.

갑작스레 주위가 어두워지자 기사들은 당황하고 말았다.

램프 불빛에 익숙해져 있던 탓에 어둠에 막혀 전혀 보이지 않았다.

“다들 섣불리 움직이지 말고 대열을 지켜라!”

카훼린의 침착한 명령에 그나마 기사들의 혼란은 줄어들었다.

긴장된 분위기 속에서 소름 끼치는 목소리가 들려온 것은 그때였다.

“먹잇감…… 먹잇감이 아주 많아.”

탐욕스러운 목소리였다.

기사들은 검을 빼 들었다.

카훼린은 칼을 날카롭게 세웠다.

"무슨 괴물인지는 몰라도 오늘 네놈은 사냥감을 잘못 골랐다."

"크후후후훗……!"

가소롭다는 웃음소리였다.

어둠 너머로 목소리가 울렸다.

"원래는 내 구역을 떠나지 않으려 했다만…… 이토록 많은 먹잇감이 있다면야…… 이야기가 달라지지."

날카로운 바람이 불었다.

일순간이었다.

세찬 바람에 핏물이 섞여들었다.

카훼린 주위에 서 있던 기사들의 목이 순식간에 날아간 것이다.

털썩……!

머리를 잃은 기사 수십이 사방으로 쓰러졌다.

카훼린은 당황했다.

그가 보지 못할 정도로 빠르게 기사단의 생명을 갈취한 것이다. 아무리 어둠 속이라곤 하나 상대는 평범한 괴물이 아니었다.

카훼린은 검을 곧게 세우고 커다랗게 소리쳤다.

"검에게 광휘의 가호를!"

"빛……?"

칼날에서 광휘가 뿜어져 나왔다.

카웨린은 밝혀진 어둠 너머의 상대방을 향해 빛나는 칼을 휘둘렀다. 칼날의 광휘는 금방 사그라져 램프의 불빛보다도 수명이 짧았다.

그러나 벤 촉감은 확실히 있었다.

"끄아아악……!"

괴물의 모습이 드러났다. 황소와 산양을 뒤섞은 머리와 커다란 날개 여섯 장을 가진 악마.

카웨린은 악마의 모습을 보고도 겁먹지 않고 오히려 비소를 지었다.

"네놈이 말로만 듣던 악마로구나. 그럼 상대를 단단히 잘못 만났군."

카웨린의 고유스킬은 빛과 신성력을 다루는 검술!

악마처럼 사악한 종족에게 이보다 더 치명적인 검술은 없었다.

카웨린이 다시 빛을 쏟아내어 검을 한 획 그으려던 순간이었다.

"……!"

그의 몸이 불현듯 정지했다.

힘을 줘도 신체가 꿈쩍 않았다.

뒤에서 누군가 걸어왔다.

"오래 못 묶어두니 어서 드시오."

카훼린의 눈동자에 격노가 차올랐다.

자신을 묶어둔 남자는 그가 굉장히 잘 알고 있는 사람이었다.

뤼미에르 키잔!

악마는 킬킬 웃었다.

"네놈에게 감사하지."

카훼린은 분노와 배신감을 느꼈으나 입술조차 움직이지 못했다. 외마디의 비명도 지르지 못한 채 그는 악마에게 머리를 씹어 먹혔다.

뤼미에르는 별 감흥 없이 평소처럼 음침하고 낮은 목소리로 말했다.

"베르발, 그대에게 부탁이 있소."

"부탁? 계약을 원하나?"

베르발이란 악마가 카훼린의 머리통을 통째로 씹으며 고개를 들었다.

뤼미에르는 고개를 가로저었다.

"당신에게 먹잇감들의 위치를 알려주겠소. 그곳으로 가 포식하시오."

"그거야 쉽다만, 내게 이토록 많은 것을 주는 네놈의 정체가 의심스럽군. 악마에게 친절한 인간이라……."

베르발은 입술을 핥으며 뤼미에르를 교활한 눈매로 쳐다봤다.

"간혹 주제도 모르고 악마를 속이려 드는 미친 족속이 있지. 난 그런 놈들을 전부 먹어치워 왔다."

눈앞의 악마는 은혜를 모른다.

그까지 먹어치우려는 작정이었다.
뤼미에르는 음침하다 못해 우울하게까지 느껴지는 목소리로 말했다.
"나는 뤼미에르 키잔. 거신들의 마탑을 재건하는 남자의 지인이오."
베르발의 눈동자가 커졌다.
"마탑을 재건하는 남자……?"
"만물의 왕 시리안."
베르발은 탄복했다.
"나는 시리안과 동업자요."
그가 베르발에게 말하며 펜던트를 보여주자 믿을 수 없는 일이 벌어졌다.
악마가 경건히 무릎을 꿇었다.

날이 밝아 올랐다.
세 기사단이 호숫가에 집결했다.
제3기사단장 레녹스가 물었다.
"카훼린과 소든은 어디에 있나? 제4, 5 기사단이 모이지 않았다."
제2기사단장 세이라가 눈살을 찌푸렸다.
"집결 시간에 늦을 녀석들이 아닌데. 아무래도 뭔 일이 난 것 같다."

"하여간 너희 쪽 소득은 어땠나?"

"말도 마. 밤을 새워서 산맥을 뒤졌지만 흔적도 못 찾았으니까."

"우리 쪽도 마찬가지다. 죄인 호송 마차도 겸비해서 추적이 느려졌지."

"저놈의 마차 좀 치우면 안 돼?"

세이라가 굵직한 마차를 가리키자 레녹스는 고개를 가로저었다.

"지휘권자의 명령이다. 목표를 호송해야지."

"마부가 마차 끄는 솜씨가 형편이 없던데. 게다가 그 지휘권자도 안 보이고."

뤼미에르마저 집결지에서 모습을 감춘 뒤였다.

지휘권자와 두 기사단의 병력이 사라지자 기사들은 혼란스러워했다.

조용히 호숫가를 응시하던 헬킨이 입을 연 것은 그때였다.

"누군가 다가온다."

노년임에도 불구하고 헬킨의 시력과 청력은 인간을 아득히 초월한다.

그러니 기사들은 아무것도 느끼지 못했지만 경계 태세를 갖췄다.

호숫가의 안개 저 너머.

한 소년이 걸어왔다.

세이라가 의아해했다.

"이런 외진 산맥에도 아이가 있나? 인가는 없었는데."

레녹스가 고개를 저었다.

"사람이 아니라 정령이다. 외견을 자세히 보면 쉽게 느낄 수 있어."

정령은 기사단을 주시했다.

그러더니 오른손을 들어 올렸다.

바로 그 순간이었다.

기사들 수백 명의 칼이 칼집에서 빠져나가기 시작했다.

"어, 어엇?"

"가, 갑자기 왜 이래?"

방심한 기사들 몇몇이 검을 놓쳐 버렸다.

그러나 기사들의 대부분이 빠져나가려는 검을 재빨리 붙잡았다. 그러나 붙잡은 검은 힘껏 쥐더라도 자기 멋대로 움직여댔다. 그 움직임이 과격해 괴력 없이는 칼자루를 멀쩡히 쥐기도 힘들었다. 세이라는 다른 기사들과 달리 가뿐히 검을 쥐고서 눈살을 찌푸렸다.

"저 정령이 저러는 건가?"

"그래 보이는군. 고작 혼자서 수백 자루의 검을 조종하다니. 보통 정령이 아니군."

"지금 무기를 뺏겼는데 감탄하고 있을 때야?"

정령에 의해서 떠오른 칼이 허공에서 춤을 췄다.

칼을 놓쳐 버린 기사들은 당혹감과 미묘한 분노를 느꼈다.

기사단은 검 외에 다른 무기는 착용하지 않는 것이 보통이었다. 이래서야 고작 정령 하나한테 황실 기사단이 농락당하는 꼴 아닌가! 허공에서 얄밉게 춤추던 칼 수십 자루가 정령의 허리춤에 들어왔다. 정령은 팔짱을 끼고 덜그럭거리는 칼들을 가뿐히 착용했다. 그러나 혼자서 저 많은 칼을 무기로 쓰기란 불가능해 보였다.

지금 유일하게 움직이지 않는 칼은 단 한 자루.

헬킨의 검뿐이었다.

「갓 브레이커가 샤프니스의 통제를 거부합니다.」

"목숨 귀한 줄 모르는구나."

헬킨이 위압감을 풍겼다.

샤프가 비웃으며 말했다.

"그래, 나를 칼로 좀 찔러줘."

황실 기사는 검술이 주력이다.

창술과 격투술, 궁술 등은 제국군이 익혔고 기사들은 칼을 다뤘다. 기사 클래스의 기본 스킬들은 검술과 기마술과 관련이 깊기 때문이다. 그 덕분에 발검 상태인 샤프에게 기사단은 좋은 먹잇감에 불과했다.

모두가 칼만 착용하고 있었기 때문이다.

'충분히 내가 이길 수 있어.'

샤프는 자신감이 확고했다.

그래서 헬킨이 검으로 자신을 공격해 오길 기다렸다.

정령의 목표는 간단했다.

갓 브레이커 흡수!

강윤수가 권능을 되찾기 위해선 신살검을 부수거나 훔쳐야만 했다.

'기왕이면 내가 흡수해야지.'

헬킨은 신의 천적이다.

그러나 샤프는 검사의 천적이다. 상성 관계상 샤프는 자신이 우위를 점하고 있다고 생각했다.

'갓 브레이커도 검인 이상 내가 흡수할 수 있어.'

검을 흡수할수록 샤프니스는 강해진다.

평범한 검은 일시적인 체력과 생명력 상승효과만을 지녔다. 반대로 저주를 받거나 녹슨 검은 능력치를 깎거나 병에 걸리게 된다. 또한, 명검을 흡수하면 성격이 변하거나 능력치가 축적된다.

'물론 검을 마구잡이로 흡수할 순 없지만.'

검 한 자루를 흡수하는 데 걸리는 시간은 최소 1~5분!

검을 흡수하는 동안 다른 검에 베이면 피해를 입게 된다.

검에게 완전면역은 아닌 셈이다.

그러니 샤프는 가장 먼저 신살검을 흡수하고 도피할 계획이었다.

"뭐해? 날 찔러달라니까?"

샤프가 헬킨을 도발했다.

둘은 호숫가를 사이에 뒀지만 뭍 근처라 충분히 다가갈 수 있었다.

기사들은 분노한 표정으로 칼을 쥐고 나서려 했다.

"헬킨 경! 저런 몰지각한 정령 정도는 저희 선에서 처리할 수 있습니다."

"됐네. 난 오히려 자네들이 저자들에게 처리될까 걱정이군."

"예? 저자들이라니요?"

세이라가 기사들을 자제시켰다.

"그냥 방관이나 해. 헬킨 경의 싸움은 함부로 끼어들 수 없으니까."

헬킨이 천천히 몸을 풀었다.

그러나 칼자루를 쥐진 않았다.

"내겐 너만 한 손자가 있다."

"나 한 살도 안 됐는데?"

"외견만 봤을 때 말이다."

헬킨은 천천히 걸어갔다.

샤프가 아닌, 숲을 향해서.

"언젠가 그 아이에게 검술을 가르치려고 했었지. 그런데 거부하더군."

"흐음. 어째서?"

"진검을 쥐기 꺼려 하더군. 칼날을 무서워해서 말이다. 널 보니 내 손자 생각이 자꾸만 나는군. 그러니 널 위해 검을 쓰진 않겠다."

샤프가 짐짓 놀란 체하며 물었다.

"칼을 안 쓴다고? 그 검을 그냥 장식으로 찬 것도 아니잖아."

"이건 널 베기 위한 검이 아니다."

샤프는 놀라지 않았다.

예상 못 한 바는 아니었다.

분명 헬킨은 샤프가 노리는 바를 대략 눈치챈 것이 틀림없었다.

'그럼 검을 쓰진 않을 게 분명해.'

샤프는 공중에 휘날리는 수십 자루의 검을 곧게 세우며 경계했다.

바로 헬킨을 공격할 수도 있지만 일단 신살검을 빼앗으려면 그의 접근을 유도해야만 했다.

헬킨은 무슨 무기로 공격해 올까?

품속에 비수를 감췄거나 둔기, 혹은 창을 챙겨뒀을지도 몰랐다. 그러나 헬킨이 뽑아 든 무기는 샤프가 상상도 하지 못한 것이었다.

쩌적…….

헬킨이 한 손으로 나무기둥을 감싸 쥐자 거목이 뿌리째 들렸다. 흙이 툭툭 떨어지는 거목은 웬만한 나무 기둥보다 훨씬 굵직했다.

헬킨은 거목을 가볍게 던졌다.

쐐에에엑—!

"어, 어……?"

샤프는 처음으로 당황했다. 맹렬히 날아오는 거목을 피하려다가 정령은 뒤로 넘어져 버렸다.

빠르게 날아든 거목이 뺨을 스쳐 핏줄기를 흘리게 했다.

풍덩—!

빗나간 거목이 호수에 빠졌다.

"벌레들이 나무 속을 파먹기라도 했나 보군. 왜 이리 가볍나."

헬킨은 육중한 거목에 한 손가락을 푹 파고 넣어 가볍게 들었다. 대담하고 침착한 성격으로 변한 샤프조차 기겁하며 소리쳤다.

"다, 당신 뭐야? 기사 맞아?"

보통 기사는 무기를 쓰지 않으면 전투력이 반감된다.

더군다나 상대는 노인이었다. 나이를 먹으면 육체 능력이 떨어지고 검술 실력은 도태되기 마련이다. 그러나 헬킨은 해당되지 않았다. 대륙 최고의 기사가 열 그루의 거목을 던지며 점잖게 말했다.

"기사가 칼만 쓰란 법 있나?"

거목 세례가 날아왔다.

샤프는 황급히 칼을 조종해 날아오는 거목을 베어내고 긁어냈다. 그러나 굵은 거목 세례를 칼만으로 막아내기엔 역부족이었다. 생명체는 칼질 한 번으로 목숨을 끊을 수 있지만 거목은 달랐다. 칼을 꽂아도 박히기만 할 뿐 날아오는 힘은 그대로였다.

풍덩-! 풍덩-! 풍덩-!

샤프는 바닥을 구르다시피 하며 거목들을 피해냈다.
그러나 완벽히 피하진 못해 거목에 부딪혀 어깨가 다치기도 했다.
공중에서 휘날리는 검들이 서슬 퍼런 마찰음을 내기 시작했다.
샤프가 사나운 목소리로 말했다.
"좋아. 어디 한 번 해보자고."
검의 정령의 공격!
헬킨이 또 거목을 뽑아 들기 전에 칼들이 날아들며 그를 저격했다.
그러나 헬킨은 가장 먼저 날아든 칼을 민첩히 잡아냈다.
검이 반항적으로 흔들렸으나 헬킨은 순수한 힘으로 붙들었다.
그리고 자세를 낮추며 두 번째로 날아오는 칼을 힘차게 쳐냈다.

챙-!

쳐낸 검은 형편없이 호숫가로 튕겨 나가며 칼날이 산산이 부서졌다. 세 번째, 네 번째, 다섯 번째 검도 헬킨은 실수 없이 모두 쳐냈다. 그러다 들고 있는 검이 갈라지면 바로 날아든 검을 잡아채 교체했다.

극악무도한 동체 시력과 검술!

공중을 휘날리는 검의 숫자가 빠르게 줄어들어 갔다.

헬킨은 기어코 마지막 두 번째 검을 쳐내고 최후의 검을 쥐었다.

"어느새 네가 훔친 검이 다 줄었구나."

눈앞의 노기사는 괜히 대륙 최고의 기사라 불리는 것이 아니었다.

샤프는 뒷걸음질 쳤다.

동시에 헬킨의 위치를 확인했다.

정령이 커다랗게 소리쳤다.

"지금이에요!"

갑자기 헬킨의 발치에서 밝고 으스스한 기운이 흐르기 시작했다.

헬킨은 수상한 낌새를 눈치채고 재빨리 거목 위로 올랐다.

그러나 발치에서 피에 젖은 두 손아귀가 올라와 발을 붙잡았다.

「뤽이 생명의 용액을 4리터 사용해 사혈의 늪을 만들었습니다.
피로 끈적이는 양 손아귀는 목표물을 죽을 때까지 놓지 않습니다.
늪에 생명체가 안착하면 생명력이 인형사에게 조금씩 흡수됩니다.」

헬킨은 샤프가 날렸던 일반 검을 휘둘러 피에 젖은 손아귀를 잘랐다. 그 순간 숲 주변에서 푸른 실이 나와 허리춤의 신살검을 묶어냈다. 헬킨은 손아귀를 베어내며 실이 엉켜 있는 칼자루를 재빨리 붙잡았다. 노기사는 늪이 닿지 않는 바닥에 착지한 뒤 사납게 말했다.

"헨릭!"

"거, 또 뵙습니다. 헬킨 경."

헨릭이 빈정거리며 소녀 인형 뤽과 함께 모습을 드러냈다.

뤽의 오른손에는 갓 브레이커와 마나의 실이 연결되어 있었다.

헨릭이 실에 엉킨 갓 브레이커를 가리키며 말했다.

"그 칼이 필요합니다만."

"결코 내어줄 수 없다."

"안 그래도 빼앗으려 했습니다."

헨릭이 조종하자 뤽이 마나의 실을 힘차게 잡아당겼다.

헬킨도 그 힘에 맞서서 결코 칼자루를 놓치지 않았다.

기사단장과 인형의 힘겨루기!

헬킨은 눈살을 찌푸렸다.

'의외로 만만치 않군.'

가녀린 몸과 달리 뤽은 2차 전직까지 마치며 상당히 강해졌다.

소녀 인형의 힘은 결코 헬킨과 맞서도 뒤처지지 않을 수준이었다. 팽팽한 마나의 실이 둘의 괴력에 끊어질 듯 가늘어졌을 때였다.

"검에게 바람의 가호를!"

휘이익-!

바람처럼 세찬 칼날이 뤽의 눈앞을 가로질렀다.

뤽이 재빨리 손을 거두지 않았다면 양손이 바로 잘렸을 것이다. 어느새 칼을 든 레녹스가 둘 사이에 서 있었다.

"싸움을 보다 못해 끼어들었습니다. 죄를 용서하십시오. 헬킨 경."

"아니, 괜찮다. 만만히 봐선 안 될 상대다. 이제 다들 합류해라."

기사단장의 명령이 내려지자 제1, 2, 3기사단이 숲 가로 뛰어들었다. 검을 잃은 기사들은 예비로 주어진 전투 건틀릿을 착용하고 참전했다. 수백 명의 기사가 원을 그리며 헨릭과 뤽을 중심으로 둘러쌌다.

황실 기사단의 포위!

헨릭과 뤽은 빈틈없이 기사단에게 에워싸여 퇴로마저 차단당했다.

레녹스가 헨릭에게 칼을 겨눴다.

"오랜만에 뵙습니다. 헨릭."

"첫인사를 검으로 하다니. 네놈답지 않구만. 레녹스."

레녹스는 슬픈 목소리로 말했다.

"황실의 명입니다."

헨릭은 기사단에 포위당했음에도 긴장한 기색 하나 없이 웃었다.

"이봐. 다들 개 노릇을 아직도 청산 못 했나? 좀 알자. 내 동료들이 황실 기사단에게 죽을 이유가 뭐냐?"

기사단 누구도 대답하지 못했다.

헬킨도 눈매만 세웠을 뿐이다.

헨릭은 웃음기 없이 소리쳤다.

"맹세코 우린 죽을죄를 짓지 않았다. 그저 황녀를 닮은, 순수하고 어여쁜 녀석과 여행만 다녔을 뿐이지. 죄인은 우리가 아니라 너희다. 이유도 모르고 윗대가리 명령만 따라 무고한 자나 처죽이는 하수인들아!"

아주 잠깐 레녹스의 얼굴에 망설이는 표정이 스쳐 갔다.

그에 반면 세이라가 차가운 목소리로 쏘아붙였다.

"닥치십시오, 헨릭. 명이 내려진 이상, 황궁에서의 옛정이 있더라도 당신은 척살 대상에 불과합니다."

"네 불같은 성격은 여전하구만. 세이라, 나중에 독주나 한 잔하지."

"검에게 불꽃의 가호를."

마음을 굳세게 정했는지 세이라가 칼에 불을 휘감았다.

뤽이 헨릭의 옷깃을 끌어당겼다.

"헨릭, 저 기사들 다 죽여도 돼?"

"글쎄, 굳이 네 손에 피 묻힐 필요는 없을 거다."

세이라가 화염을 휘감은 칼을 내세우며 경계했다.

"그게 무슨 소리죠?"

헨릭이 차갑게 웃었다.

"우리 일행에는 댁보다 더 뜨거운 화염을 부리는 아가씨가 있거든."

바로 그 순간이었다.

끔찍한 고열이 느껴졌다.

안개로 뒤덮인 숲 너머로부터 용암의 파도가 몰려왔다.

"샤네트가 시작한 모양이구나."

아이리스가 귀를 기울이며 안개에 둘러싸인 저편을 바라봤다.

강윤수는 말없이 고개를 끄덕였다.

신의 천적.

갓 브레이커는 강력한 검이었다.

신의 모든 권능을 봉인 당했을 뿐만 아니라 한 번 베인 것만으로도 죽음의 위기를 겪어야 했으니까.

그러나 그런 신살검에도 확연한 약점이 있었다.

'갓 브레이커는 신만 벨 수 있다.'

강윤수는 헬킨과의 싸움에서 분명히 목격했다.

갓 브레이커는 그의 칼날을 통과했고, 사슬낫마저 통과했다. 게다가 헬킨은 자신 이외의 다른 대상에 검을 휘두르려 하지 않았다.

'신의 천적. 그러나 다른 대상은 벨 수 없는 것이 분명하다.'

그렇다면 공략은 쉬워진다.

'갓 브레이커의 처분은 내가 아니라 일행에게 맡겨야만 한다.'

언제나 일은 혼자서 처리했다.

그러나 이번만큼은 동료들을 믿어야만 했다.

샤프에게 전설 등급의 검을 흡수하게 한 것도 그런 이유에서였다.

동료들에게 천적을 맡기고서 강윤수는 아이리스와 외딴곳에 나왔다.

그에겐 확신이 있었기 때문이다.

'분명 나타난다.'

놈의 목적은 아이리스 생포.

산맥에 결계까지 친 것을 보면 나름 촉박했던 것이 분명했다. 그러니 분명 아이리스를 데려가기 위해서 모습을 드러내리라.

강윤수는 인내심 있게 기다렸다.

차가운 바람이 흐르고 싸늘한 안개는 짙어져만 갔다.

아이리스가 잿빛 하늘을 올려다보며 중얼거렸다.

"얼마 있으면 눈이 내리겠구나."

그렇게 시간이 흘렀다.

마침내 안개 저편으로 일렁이는 두 개의 그림자가 보였다.

음침한 기색의 연금술사.

여섯 장의 날개를 가진 악마.

황실연금술사는 악마 베르발을 대동하고서 이쪽으로 걸어왔다.

강윤수가 그를 바라보며 말했다.

"뤼미에르."

"오랜만이오. 강윤수."

뤼미에르가 정중히 인사했다.

뤼미에르 키잔.

이번 삶에선 처음 만난 연금술사.

그런데 오랜만이라니?

자신과 만났었다는 의미 아닌가.

강윤수가 낮은 목소리로 물었다.

"오랜만이라니. 그게 무슨 소리지? 너와 난 서로 처음 봤을 텐데."

"당신은 일천 번의 삶을 살고 있지 않소? 그러니 당신은 날 여러 번 만났을 거요."

기사단장 소든에게서 들었던 대로 자신이 회귀한 것조차 알고 있다.

강윤수의 눈동자가 가늘어졌다.

"너는…… 어디까지 알고 있지?"

"끝 너머. 당신이 모르는 것까지."

강윤수는 뤼미에르를 다시금 바라보았다.

번들거리는 머리칼이 헝클어져 내리고 하얗다 못해 창백한 얼굴. 툭 치면 쓰러질 것처럼 빼빼 마른 체형이나 선 자세만은 굳건한 남자. 이전 삶에서 봐왔던 것과 조금도 다를 것이 없는 생김새였다.

그러나 강윤수는 그에게서 기묘하게 다른 느낌을 받았다.

"네 말대로 난 회귀하며 널 계속 봐왔다. 그러나 네 쪽에서 먼저 나의 회귀를 눈치챈 것은 이번이 처음이다. 그걸 어떻게 알게 된 거지?"

뤼미에르는 대답하지 않았다.

아이리스 쪽으로 눈길을 돌렸다.

"도플갱어를 넘기시오."

"내 말에 대답해."

강윤수가 그에게 칼을 겨눴다.

위협적인 분위기가 감돌았다.

베르발이 이를 갈았고 아이리스는 강윤수 곁으로 다가와 경계했다.

뤼미에르가 그에게 물었다.

"내가 어째서 이토록 많은 것을 알고 있는지 의심스럽소?"

칼자루를 쥔 손에 힘이 들어갔다.

뤼미에르가 다시금 말했다.

"내겐 동업자가 있소. 어느 날 귓가에 속삭임이 들려오더군. 그가 내게 세상에 관해 알려줬고 나는 그의 계획에 동의해 행동으로 옮겼소. 이번이 당신의 마지막 삶인 것도, 무수한 변수가 일어난 것도 그에 의해서요."

동업자?

실피아의 말이 떠올랐다.

적은 마황만이 아니라고 했다.

"회귀의 여부를 알고, 너의 죽음을 바라는 자가 존재한다."

자신의 죽음을 바라며 마지막 삶에 수많은 변수를 유도한 자.

강윤수가 낮은 목소리로 물었다.

"네 동업자가 누구지?"
"이 세상에서 가장 흉악한 악인."
뤼미에르가 한 발짝 다가섰다.
"만물의 왕 시리안. 그가 나의 동업자요."
만물의 왕 시리안.
뤼미에르의 입에서 그 이름이 튀어나올 것이라곤 예상치 못했다.
그자가 모든 변수의 근원인가?
하지만, 어째서?
"너희의 목적은 뭐지?"
"마황에게 이 세상이 멸하는 것."
"그럼 모두가 죽는다."
그랬다.
모든 것이 무너지고.
모두가 죽게 된다.
이 세상의 모든 사람.
샤네트, 헨릭, 아이리스까지도.
모두.
죽는다.
수없이 봐온 파멸.
강윤수는 그것을 원하지 않았다.
그러나 뤼미에르의 대답은 달랐다.
"그래야만 하오."
지독할 정도로 단호한 한마디.

강윤수는 강한 반발심을 느꼈다.

무수히 저항해도 맞이해 온 파멸.

무력감에 한탄하고 지켜야 할 것을 지키지 못해 정신이 깨졌던 나날. 그 한마디는 그의 모든 수난과 고통을 수포로 되돌리는 말이었다.

강윤수는 서서히 평정심이 깨지는 것을 느꼈다.

"모두가 죽어야 한다고? 그게 무슨 말도 안 되는 헛소리지?"

뤼미에르는 진지하게 말했다.

"우린 모두 파멸해야만 하오. 나, 당신, 심지어는 만물의 왕까지. 그게 바로 우리에게 정해진 길이었소."

이제 더 이상 참을 수 없었다.

강윤수는 칼을 곧게 세웠다.

"모든 걸 상세히 설명해라. 아이리스를 생포하려는 목적, 대륙이 마황에 의해 멸망해야 하는 이유까지."

"전부 설명하더라도 당신은 결코 멈추지 않을 것임을 알고 있소."

강윤수는 나아갔다.

뤼미에르 역시 다가섰다.

둘 사이의 거리가 점차 좁혀졌다.

"내게서 뭘 바라지?"

"도플갱어, 그리고 죽음."

"둘 다 거부한다."

"당연히 그럴 거라 생각했소."

두 남자는 서로를 마주 보았다.

전투의 시작은 너무나 빨랐다.

강윤수의 칼이 뤼미에르에게 향하는 순간 베르발이 발톱을 휘둘렀다.

챙-!

견고한 발톱이 칼날을 튕겨냈다.

베르발은 얼굴을 일그러뜨렸다.

"먹잇감 앞에서 이토록 인내한 것은 처음이다. 이제 먹어도 되나?"

"도플갱어는 건드리지 마시오."

"참느라 혼났군."

악마가 여섯 장의 날개를 펼쳤다.

"크화아아악-!"

베르발은 사납게 포효하는 동시에 매서운 속도로 강윤수를 덮쳤다. 육익(六翼)에 걸맞은 사나운 돌격은 무지막지한 힘을 함유했다.

강윤수가 반사적으로 회피했지만 악마의 민첩함에 비하지 못했다.

"강윤수!"

아이리스가 날개를 펼치고 날아들어 거칠게 나가떨어진 그를 받았다. 강윤수는 눈썹만 살짝 찌푸렸을 뿐 신음 한 번 내지 않고 일어섰다.

'갈비뼈에 금이 갔다.'

베르발의 돌격을 빗맞았음에도 폐부가 찢어질 것 같은 충격을 받고 숨조차 쉬기 힘겨웠다.

눈앞의 악마가 다시금 돌격 자세를 준비하기 시작했다.

어째서인지 모르겠지만 자존심 드높은 베르발이 뤼미에르를 따른다. 뤼미에르에게서 진실을 캐묻기 전에 베르발부터 처리해야만 했다.

'베르발은 상급 악마다.'

고레벨의 흉악한 몬스터.

산맥의 악마이며 숨통을 끊으면 일행과 함께 마탑으로 갈 수 있다. 그러나 신의 권능 없이 쉽사리 상대할 만한 상대가 아니었다.

그러나 그만큼 약점은 분명하다. 고위에 속하는 악마일수록 빛과 신성력에 굉장히 취약했다. 악마란 강력한 육체와 마력을 동시에 갖춘 천혜의 종족이나 약점이 너무나 명확하다는 단점을 지녔다. 게다가 베르발은 안개가 짙은 산맥에서 지내와 빛에 더욱 취약할 터였다.

"후우우우욱-!"

아이리스가 화염이 가득한 브레스를 베르발에게 내뿜었다.

그러나 베르발은 피하기는커녕 비소를 지었다.

"드래곤의 숨결을 내뱉을 줄 아는 도플갱어는 난생처음 보는군."

악마가 손가락을 튕겼다.

베르발에게 꽂히려던 화염이 돌연 방향을 틀며 강윤수 쪽으로 향했다.

강윤수는 자세를 낮춰 다가오는 화염을 피하며 손을 높이 들었다. 거칠고 뜨거운 화염숨결이 그의 손끝을 스치며 쥔 것을 불태웠다.

바로 천사의 머리칼.

파아아앗—!

안개에 둘러싸인 산맥으로부터 밝고 찬란한 광명이 터져 올라갔다.

「천사 유리엘이 강림했습니다.」

「네 번째 강림!
소환 시간은 1시간 반입니다.」

본래 신이 되어 수호천사의 소환 시간이 하루로 늘어나야 했다. 그러나 지금은 갓 브레이커에 의해 신의 권능이 봉인 당한 상태.

유리엘이 강윤수를 내려 보더니 고개를 갸웃거렸다.

"불러줘서 고마워! 못난이 신아! 응? 그런데 왜 너한테서 신의 기운이 안 느껴질까?"

잡담할 여유 따윈 없었다.

"유리엘, 악마를 저지해."

베르발이 이를 갈았다.

"천사!"

본래 천사와 악마는 숙적 관계.

악마는 천사를 보면 유불리에 상관없이 적의를 불태운다.

유리엘이 물었다.

"재, 나쁜 놈 맞아?"

천사는 무고한 생물을 함부로 죽였다간 타락할 수 있다.

그래서 살생도 피하는 편이었다.

강윤수는 고개를 끄덕였다.

"어."

베르발의 죄질을 확인하고 나서야 유리엘은 파괴의 빛을 뿜어냈다.

강윤수는 그녀가 질 것이란 생각은 전혀 하지 않았다. 기본적으로 레벨은 베르발이 높지만 유리엘은 천사이기 때문이다.

그는 짧은 순간 전략을 짜냈다.

천사와 악마가 격돌하는 새 자신은 뤼미에르를 습격할 작정이었다.

'뤼미에르는 상대할 수 있다.'

연금술사로서의 실력은 우수하지만 전투력에서는 자신이 앞서 있었다. 악마라는 방패막이 없으면 손쉽게 그를 제압하고 심문할 수 있으리라.

그러나 그의 전략은 성공하지 못했다.

유리엘과 베르발이 격돌하려 했다.

유리엘의 손에서 세찬 빛이 터져 나와 베르발에게로 향하는 순간. 뤼미에르가 품속에서 두꺼운 헝겊 뭉치를 꺼내 빛 속으로 내던졌다.

단순한 투척이 아니라 마법이 가미된 동작이었는지 헝겊 뭉치가 빛의 궤도에 정확히 들어맞았다.

"어?"

유리엘은 당황해 빛의 방향을 꺾으려 했지만 이미 늦고 말았다.

"끄아악……!"

빛에 맞은 헝겊 뭉치에서 연기가 피어나며 희미한 비명이 울렸다.

뭔가 조그만 것들이 그 안에서 꿈틀거리다가 끝내 거동을 멈췄다. 그 광경을 바라본 유리엘의 얼굴은 창백하기 그지없었다.

뤼미에르가 냉담히 말했다.

"악마만 명확한 약점이 존재하는 것이 아니요. 천사도 마찬가지지."

헝겊 뭉치가 풀리며 내용물이 드러났다.

말라비틀어진 요정 시체들.

반송장이나 다름없던 요정들이 빛에 맞고서 숨통이 끊어졌다.

유리엘의 눈시울이 붉어졌다.

"아, 안 돼……!"

사악한 흡혈귀 왕의 목숨도 끊어내길 두려워했던 그녀였다.

의도하지 않은 살생.

유리엘은 무고한 자를 죽였다.

「유리엘이 무고한 요정 32마리를 소멸시켰습니다!
천사에게 허락되지 않은 대죄!
천사 유리엘이 타락합니다!」

"꺄아아아아아악-!"

찢어지는 비명이 산맥에 울렸다.

유리엘을 감싸던 후광이 점차 그 빛을 잃어갔다.

새하얗고 폭신한 날개는 검게 변색되고 윤기를 잃어버렸다. 유리엘은 격렬히 절망하며 바닥으로 천천히 내려앉았다.

"내가 죽였어…… 끄흑흑…… 죄 없는 요정들을 죽여 버렸어……!"

「수호천사 유리엘의 종족이 타락한 천사로 바뀌었습니다.
타락을 없애기 위해선 살생한 숫자 이상의 영혼을 구제해야 합니다.
소환 시간이 5분으로 감소합니다.
모든 신성력을 상실합니다.」

천사의 타락!

강윤수도 처음 보는 광경이었다.

타락한 천사는 신성력을 잃어버릴 뿐 아니라 소환 시간도 줄어들었다. 말문이 막힐 정도로 페널티가 심각해 어째서 유리엘이 그토록 타락을 두려워했는지 대번에 느껴졌다.

고개를 푹 숙이고 몸을 떠는 유리엘에게 베르발이 손을 뻗었다.

“꼴좋구나, 천사야. 오늘은 별미를 즐기고 재미도 볼 수 있겠군.”

유리엘은 악마를 상대할 수 있는 신성력을 모두 잃어버리고 말았다. 그러니 이제 베르발에게 그녀는 그저 나약한 미녀에 불과했다. 베르발의 검고 두꺼운 손아귀가 절망한 그녀를 집어삼키려는 순간.

“멸살의 참격.”

채앵-!

강윤수가 돌진해 가장 강한 스킬로 악마의 손길을 힘껏 쳐냈다. 동시에 아이리스가 날개를 펼치고 유리엘을 끌어안아 뒤로 빠졌다.

“나약한 것들이 발버둥을…….”

베르발은 언짢은 표정을 지으며 손아귀를 세차게 휘저었다.

강윤수는 멸살의 참격을 한 번 더 발동시켜 비스듬히 받아쳤다.

콰각-!

악마의 힘을 완전히 흘려내지 못하고 강윤수가 뒤로 나가떨어졌다. 손목이 저릿하고 상당한 떨림이 칼날 언저리에 남겨져 있었다.

아이리스가 유리엘을 다독이며 황급히 고개를 돌렸다.

"강윤수, 괜찮니?"

"어."

그는 곧장 일어나 유리엘을 봤다.

그녀는 살생의 충격을 벗어나지 못해 눈동자에 생기를 잃어버린 상태였다.

'……예상외의 일이군.'

강윤수는 입술을 깨물었다.

설마 뤼미에르가 천사의 타락마저 알고 있으리라곤 예상치 못했다.

눈앞의 남자는 지금까지 싸워온 적들과 차원이 달랐다.

회귀로 인해 정보만은 우세였던 지난 적들과 달리, 뤼미에르는 강윤수가 모르는 것마저 알고 있다.

전투 능력이 떨어질지언정 이런 부류의 적은 상대하기 더욱 까다롭다.

'생각해 보면 헬킨이 갓 브레이커를 든 것도 이번 삶이 처음이다. 뤼미에르가 공작을 했을 가능성이 크군.'

방법은 몰라도 그가 자신의 동향을 파악한 것이 틀림없었다.

'하지만 회귀나 동향 외에 세세한 일까지 파악하진 못했을 거다.'

만약 그랬다면 훨씬 간단한 방법으로 아이리스를 납치했을 것이다. 강윤수는 또다시 전투태세를 취하는 베르발을 향해 오른팔을 뻗었다.

"브라이트 라이트 소환."
눈부신 빛줄기가 내리며 라이트가 소환됐다.
빛의 정령 라이트.
천사보단 덜하지만 악마를 상대로 최소한의 시간을 벌어줄 것이다.
베르발이 얼굴을 일그러뜨렸다.
"또 빛인가?"
강윤수는 명령을 내렸다.
"라이트, 악마의 시선을 끌어."
샤프와 싸운 뒤로 라이트는 얼굴에 그늘이 졌고 웃음도 줄어들었다.
정령은 고개만 약간 끄덕였다.
"알았어."
라이트가 섬광을 쏟아내자 베르발은 얼굴을 일그러뜨리며 회피했다. 정령이 시간을 끌고 있는 새에 강윤수는 유리엘에게 다가갔다.
"유리엘."
"내가 죽였어…… 죄 없는 자들의 숨통을 내 손으로…… 아아……."
그녀는 죄책감에 빠져 있었다.
이대론 전투가 어려울 듯싶었다.
강윤수가 넌지시 말했다.
"괜한 죄책감 가지지 마."
"……정말 미안해. 못난이 신아."

유리엘이 눈물 젖은 눈동자로 강윤수를 바라봤다.

소환 시간이 지나서 그녀의 형체는 광명과 함께 천상으로 사라졌다.

"조심하렴!"

아이리스의 비명에 강윤수는 곧장 뒤로 돌아 칼을 휘둘렀다.

그러나 베르발의 속도가 빨랐다.

강윤수의 복부가 악마의 손톱에 크게 베였다.

사각-!

그는 피를 쏟으며 뒤로 물러났다.

베르발은 한 손으로 쥐고 있던 라이트를 세게 집어 던졌다.

"정령이 쏘는 빛이 거슬렸다만, 피하면 그만이군."

"꺄아아악!"

라이트는 거목에 부딪히고 생명력을 소진한 채 소환계로 돌아갔다.

뤼미에르가 한 발짝 다가왔다.

"도플갱어를 넘기시오, 강윤수. 그럼 최소한 고통 없이 끝내겠소."

강윤수는 거친 숨을 몰아쉬었다.

이제 남은 방법은 단 하나뿐이다.

동료들이 신의 권능을 되찾아줄 때까지 시간을 끄는 것.

"뤼미에르, 너의 목적은 도플갱어다."

뤼미에르는 베르발에게 도플갱어만을 건드리지 말라고 했다.

이유는 알 수 없으나 그의 목적은 도플갱어의 완전한 생포.

강윤수는 아이리스의 손을 잡아당겼다.

긴장하며 전투태세를 갖추고 있던 그녀가 의아한 표정을 지었다.

"강윤수……?"

"나중에 파이 먹여줄게."

강윤수는 아이리스를 힘차게 끌어안고 그녀의 목에 칼을 들이밀었다.

"네가 나의 회귀를 알고 있다면, 내가 전생에서 이 도플갱어를 죽인 적이 있단 것도 알고 있을 거다."

악마 베르발이 으르렁거렸다.

"추악한 녀석."

뤼미에르가 낮게 물었다.

"뭐 하는 짓이오?"

"거기서 한 발짝이라도 더 다가오면 이 도플갱어를 죽이겠다."

그가 칼날을 곧게 세우자 그녀의 새하얀 목덜미에 핏방울이 맺혔다.

아이리스의 안색이 창백해졌다.

"강윤수는 진짜 나쁜 놈이란다."

강윤수는 동료를 인질로 삼았다.

3장
한세현, 그리고……

진풍경이 펼쳐지고 있었다.

안개만 아니라 희뿌연 증기까지 발생해 눈앞의 시야를 방해했다. 식은땀을 흘리는 기사들은 발목 아래가 뜨거워진 것을 느꼈다.

호수에 열탕처럼 기포가 올랐다.

"후우. 하아…… 하아……."

무덥고 눈앞이 흐렸다.

기사들은 지쳐가고 있었다.

불과 조금 전 용암 파도가 호숫가를 덮쳤다.

기사들은 황급히 호수 안쪽으로 대피했다. 그러나 용암은 호수의 둘레를 빈틈없이 에워싸며 출구를 봉쇄했다.

황실기사단은 꼼짝없이 용암에 갇힌 꼴이 되고 말았다.

세이라가 이를 악물었다.

"젠장. 산맥에서 웬 용암이……."

용암은 단순한 재해가 아니었다.

단지 피해 규모가 기사단을 가두도록 능숙히 조절된 것만이 아니었다. 용암 더미로부터 시뻘건 용암으로 이뤄진 화염 병사들이 일어섰다.

레드 타이런트에게 복종하는 화염 병사들!

한 기사가 화염 병사를 단칼에 베어내자 뜨거운 폭발이 일어났다.

"으윽! 내, 내 손!"

"멍청한 놈! 저놈들은 용암이다. 베려고 시도조차 하지 마라!"

그야말로 열기의 지옥이었다.

세이라는 호숫가 너머의 여자, 재해를 일으킨 장본인을 노려봤다.

"우릴 다 죽일 셈이냐?"

"그럴 생각 없다고 했을 텐데요."

샤네트가 헬킨을 가리켰다.

"저 기사단장분의 칼만 넘겨준다면 즉시 용암을 거두겠어요."

헨릭과 뤽도 샤네트 곁에 서 있었다.

그녀가 일으킨 용암의 파도가 둘만은 빗겨 나갔기 때문이다.

하여간 판도가 바뀌었다.

이제 기사단의 목숨을 쥐고 있는 것은 그들 쪽이었다.

헨릭이 기지개를 켜며 협박했다.

"이보쇼. 헬킨 경. 쉽게 갑시다. 칼 한 자루입니까, 기사단입니까?"

헬킨이 무어라 대답을 하기도 전에 세이라가 앙칼지게 소리쳤다.

"헬킨 경! 그 검을 절대 내어줘선 안 됩니다. 검을 내어준다고 용암이 걷힌다는 보장도 없으며, 저들이 저토록 레오르칸 황실의 하나뿐인 보검을 노리는 것에는 분명 수상한 꿍꿍이가 있을 겁니다!"

헨릭이 눈살을 찌푸렸다.

"거, 칼을 탐내는 게 아니라니까 그러네. 우리한테 주기 싫다면 용암에다 던져서 태워 버려도 되고."

갓 브레이커가 헬킨에게서 떠나거나 파기되면 신의 권능은 돌아온다.

한편 샤프는 양손으로 머리를 감싸 쥔 채 괴로워하고 있었다.

「발검 상태 시한이 지났습니다.

샤프가 원래대로 돌아왔습니다.」

의기소침한 성격으로 돌아온 샤프가 끊임없이 혼잣말을 중얼거렸다.

"제가……도대체 무슨 짓을 한 거죠……? 우흐흑……. 다, 다른 분들한테 그렇게 심한 짓을……! 심지어 라이트랑도 싸워 버렸어……!"

"샤프는 발검 상태가 귀여웠어. 나랑 같이 사람도 잘 죽였을 텐데."

뤽이 넌지시 던진 추파에 샤프는 얼굴이 새파래졌다.

"아, 아냐……! 나, 나는 아무도 함부로 안 죽여……!"
"아쉬워. 다음엔 꼭 같이 피 묻히면서 죽이고 다니자. 샤프."
헨릭이 혀를 찼다.
"검의 정령께서 또 하나의 천적이 생기셨구만."

기사단 쪽은 혼란의 도가니였다.
검을 내주자는 쪽과 그러지 말자는 쪽으로 나뉘어 의견이 대립했다. 황실 기사들은 본래 위계질서에 엄격하며 군기가 잘 잡혀 있었다. 그러나 용암과 뜨거워지는 호수는 기사도를 잃어버리기 충분했다. 게다가 상대에게서 적의가 느껴지지 않으니 판단이 어려웠다.
"검을 내어줘야 합니다! 고작 칼 한 자루 때문에 기사단 전원이 죽을 순 없지 않겠습니까?"
"하지만 저들의 말이 진실이란 보장이 없습니다. 칼을 내어줬다가 곧바로 용암이 우릴 덮칠지도 모릅니다. 오히려 그 칼 한 자루가 저희 기사단을 지키고 있는 상황일 수도 있습니다."
"아니, 귀가 없습니까? 저자들이 칼을 내주기 싫다면 그냥 던져서 불태워도 된다고 했잖아!"
어지러운 판국이었다.
세이라와 레녹스조차 판단력이 흐려져 상황을 이끌기 어려웠다.
바로 그때였다.
"모두 그 입 닥쳐라!"
헬킨의 호통에 기사들은 곧바로 입을 다물었다.

이런 위기상황에서조차 기사단을 제어할 수 있는 것은 헬킨뿐이었다.

헬킨은 단호히 말했다.

“나는 칼을 내주지 않을 것이다.”

기사들의 눈빛에 혼란이 왔다.

헬킨은 신살검에 손을 짚었다.

“황실에서 내려온 명령도, 이 칼이 귀중하기 때문도 아니다.”

노기사의 목소리는 완강했다.

“기사에게 칼을 내어달란 것은 목숨을 맡기란 의미와 같다.”

기사들은 뒤통수를 가격당한 표정을 지었다.

샤프에게 칼을 잃은 기사들은 아무 말 하지 못하고 고개를 숙였다.

목숨이 아까워 기사의 본분을 잊어버리고만 자신이 부끄러웠다.

헬킨은 보통 검을 꺼내 쥐었다.

“나라면 용암에 가파른 길을 만들 수 있다. 내가 앞장서 용암을 갈라내겠다. 너흰 그 뒤를 뒤따라라.”

레녹스가 화들짝 놀랐다.

“헬킨 경, 그런 짓을 했다간 온몸이 타들어 가서 죽어버릴 겁니다!”

“그럼 모르고 하겠나, 레녹스. 다음 제1기사단장은 네게 맡기겠다.”

“어째서…….”

레녹스가 입술을 깨물었다.

헬킨은 죽음을 각오했음에도 담담히 검을 쥐고 용암으로 향했다.

기사들은 눈물을 머금고 대륙 최고 기사의 희생을 가슴에 파묻었다.

그때 누군가 소리쳤다.

"자, 잠시만요. 헬킨 경! 용암을 가르려면 칼이 두 자루는 필요할 겁니다. 제 칼을 쓰십시오."

헬킨의 뒤꽁무니를 신참 단원이 어설픈 걸음으로 쫓아갔다.

"검은 한 자루로 충분하다. 에릭."

노기사가 짜증스러운 표정으로 고개를 돌렸을 때였다.

헬킨은 처음으로 경악한 표정을 얼굴로 드러내고야 말았다.

신참 단원 에릭이 헬킨의 허리춤에서 갓 브레이커를 뺏어 들었다.

평상시엔 상상도 못 할 하극상.

헬킨은 물론이고 다른 기사들 전원이 경악한 표정을 지었다.

"이런 고얀……!"

헬킨이 고함을 지를 새도 없었다.

에릭은 주저 없이 갓 브레이커를 뜨거운 용암으로 던져 버렸다.

파사사삭-!

끄아아악-!

갓 브레이커는 살아 있는 생명체처럼 외마디 비명을 지르며 태워졌다.

「신의 천적이 사라졌습니다!
신의 권능이 돌아옵니다.」

레녹스는 입을 다물지 못했다.
"에, 에릭. 지금 무, 무슨 짓을……?"
신참 단원의 미친 짓에 기사들은 물론이고 헬킨조차 할 말을 잃었다.
평소 덤벙대던 신참 단원이었지만 감히 이 정도로 대형 사고를 치리라곤 아무도 예상하지 못한 것이다.
무겁고 경악스러운 침묵이 감도는 와중에 신참 단원은 후련해 보였다.
"후우."
에릭은 얼굴에 묻은 땀을 닦았다.
땀을 닦은 소매를 내리자 그의 얼굴은 완벽히 달라져 있었다.
목소리마저 완전히 바뀌었다.
"미친 짓은 내 전문이 아닌데."
샤네트와 헨릭은 눈을 크게 떴다.
무척 익숙한 얼굴, 목소리였다.
백사자 클랜 대장, 한세현!
"이제 됐습니까? 그러니 어서 당신네 무표정한 그분께 가서 전해요."

한세현이 양손을 펼쳐 보였다.

"나, 언제 황제로 만들어줄 거냐고!"

"네! 꼭 전해드릴게요."

샤네트가 미소를 짓고 돌아섰다.

일행은 안개 너머로 사라졌다.

용암도 금세 사그라졌다.

세이라가 무서운 손놀림으로 한세현의 뒤통수를 후려쳤다.

"이 개자식!"

레벨도, 무력도 상대가 되지 않았기에 한세현은 반항 없이 쓰러졌다.

레녹스가 헛웃음을 지었다.

"모습을 바꾸고 기사단에 잠입했었나? 이 친구, 연기력이 상당히 훌륭하군. 나랑 다른 기사들은 에릭이 아닐 거라곤 의심조차 못 했었다."

"자랑인가, 레녹스? 이놈 때문에 목표물을 놓쳤다! 네 실책도 막대해!"

세이라는 곧장 돌아섰다.

"헬킨 경! 지금 당장 저들을 추적하면 따라잡을 수 있을 겁니다. 저들을 붙잡고 심문해 도플갱어의 위치를 파악해야 합니다!"

그러나 헬킨은 고개를 저었다.

"아니, 그럴 수 없다."

"헬킨 경……?"

노기사는 기지개를 켜더니 뭍으로 천천히 올라갔다.

"이미 말했지 않나. 기사에게 검이란 목숨이다. 난 검을 뺏겼다. 그러니 이젠 죽었다고 봐야겠지."

"그게 무슨 말씀이십니까?"

"피곤하다. 이틀 밤을 새웠어."

헬킨은 열기가 조금 남은 바위에 걸터앉아 고개를 살며시 숙였다.

그리고 곧장 숙면에 들어갔다.

세이라는 당황한 표정을 지었다.

"이해할 수 없습니다, 헬킨 경! 어째서 이제와서 갑자기 임무를 포기하는 겁니까? 레녹스! 너도 뭐가 좋다고 실실대는 거야?"

레녹스는 미소를 머금었다.

"헬킨 경의 뜻을 모르겠나? 이제야 임무에 실패할 구실이 생기셨다. 전력을 다했지만, 뒤통수를 맞았지."

이유도 모르고 명을 따라 움직이는 황실의 개.

그것이 지금까지 기사로서 자신이 행해온 길이었다. 그는 속을 알 수 없는 황실을 두려워하고 언제나 기피해 왔다. 그러나 지금에 와서야 뭔가를 깨달은 것 같았다. 맹목적인 두려움을 걷고, 명령이 아닌 자신의 의지에 따라 움직인다.

그것이 자신이 가야 할 길이었다.

레녹스가 미소 지으며 말했다.

"지휘권자는 사라지고 우린 목표물을 눈앞에서 놓쳤다. 이번 임무는 완벽한 실패가 되었으면 하는데."

"웃기는 소리!"

세이라가 윽박질렀으나 이미 그녀를 제외한 기사들은 레녹스의 명을 따를 준비가 완벽해진 상태였다.

"잠시 쉬고 사라진 제4, 5기사단을 찾으러 이동한다. 아무래도 걱정되는군. 세이라. 너도 좀 쉬어둬라."

기사들은 뭍으로 올라왔다.

그녀도 할 수 없이 뭍에 올라와 눈살을 찌푸리며 주위를 둘러봤다.

있어야 할 것이 보이지 않았다.

용암이 닿지 않은 구역에 세워뒀는데 그새 사라져 버렸다.

세이라가 신경질적으로 외쳤다.

"그 느려터진 마차는 또 어디 갔어?"

안개가 낀 숲가.

강윤수는 아이리스의 목에 칼을 겨누고 적들과 대치하고 있었다.

뤼미에르가 냉담히 말했다.

"강윤수, 당신이 그 도플갱어를 죽이지 않을 거란 것은 알고 있소."

"그걸 어떻게 확신하지?"

"당신이 동료를 버릴 리 없소. 그저 시간을 끄는 수작에 불과하오."

예상했던 일이지만 그리 오랜 시간을 끌 순 없을 듯싶었다.

강윤수의 등에 식은땀이 흘렀다.
바로 그 순간.
애타게 기다리던 문구가 떴다.

「신의 천적이 사라졌습니다!
신의 권능이 돌아옵니다.」

강윤수는 곧장 아이리스를 놓는 동시에 칼을 들고 악마를 덮쳤다.
베르발은 갑작스러운 기습에 놀랐지만 크게 당황하진 않았다. 인간의 일격 정돈 가뿐히 받아낼 수 있기 때문이다.
그러나 악마의 추측은 틀렸다.

「검에 힘의 천벌을 담았습니다.
거인의 힘, 단칼 베기, 혼신일격 스킬이 추가되었습니다.
920의 신력이 소모되었습니다.
남은 신력: 9,040」

지형조차 괴멸시키는 위력의 천벌이 칼날에 가득히 담겼다.
"거인의 힘."
그의 팔뚝에 근육이 치솟았다.
강윤수가 내뻗은 칼이 베르발의 가죽을 꿰뚫고 뼈를 통째로 부쉈다.
"끄아아악!"

예상치 못한 치명상에 베르발은 눈에 띄게 당황하며 몸을 휘저었다. 그러나 강윤수는 곧장 칼을 꽂은 채로 악마의 등 뒤로 올라탔다.

그리곤 칼을 높이 들었다.

'날개부터 제거해야 한다.'

베르발은 민첩하다.

그만큼 쉽게 도망친다.

날개를 제거해야 사냥이 쉬웠다.

강윤수는 검을 내리그었다.

"단칼 베기."

칼을 내리그으며 왼편의 날개 세 장이 떨어져 나갔다.

피가 우수수 튀며 베르발이 괴성을 내지르고 몸을 흔들었다. 그러나 강윤수는 괴력으로 등가죽을 단단히 붙잡아 놔주지 않았다.

"단칼 베기."

검을 반대로 올려치자 오른편의 날개 세 장이 떨어져 나갔다. 고작 두 번의 칼질로 악마의 날개 여섯 장이 무참히 찢겨 나갔다.

날개를 잃은 베르발이 포효했다.

"크아아아아!"

상급 악마의 격노!

강윤수조차 그 힘을 버티지 못하고 베르발에게서 떨어져 나갔다. 다시 칼을 들고 일어난 그는 문득 주위를 살피다가 소름이 끼쳤다.

뤼미에르가 잠에 든 아이리스를 품에 안고 있었다.

멸망룡의 심장을 삼킨 아이리스가 쉽사리 제압당했을 리는 없었다. 뤼미에르의 손에는 지독한 액체를 묻힌 황금색 천이 있었다.

유리엘마저 타락으로 제압한 연금술사였다.

도플갱어의 약점을 이용해 아이리스를 잠재운 것이 분명했다.

뤼미에르가 손가락을 튕겼다.

"이것이 마지막 인사요. 강윤수."

갑자기 베르발이 가슴을 움켜쥐며 바닥에 내려앉았다.

악마는 괴로워하며 울음을 토해냈다.

「상급 악마 베르발이 만물의 왕 시리안과 계약한 조항에 응합니다.

첫째, 베르발을 죽인 자는 마탑으로 이전된다.

둘째, 술자리에서 싸우지 말 것.

셋째, 시리안 혹은 그 동업자가 원할 시 정신을 태워 각성할 것.

세 번째 조항이 시행됩니다.」

뤼미에르는 아이리스를 데리고 안개 저편으로 사라졌다.

'젠장. 빌어먹을.'

강윤수는 희미한 분노를 느꼈다.

아주 짧은 새였다.

그럼에도 불구하고 악마에게 한눈팔려 아이리스를 놓치고 말았다.

'상관없다. 악마를 죽이면 돼.'

베르발을 죽이면 일행 전원이 마탑으로 이전된다.

납치되어 먼 거리에 있더라도 그녀 역시 마탑으로 이전될 것이다. 뤼미에르가 변수를 사용한다곤 해도 그것까진 막지 못할 것이다. 그러니 최대한 빨리 베르발과의 싸움에서 승부를 내야만 했다.

"으, 으으으……! 끄아아악!"

정신을 태워 각성한 베르발은 의식을 희생해 끔찍하게 강해지고 있었다. 온몸에서 근육이 울긋불긋 솟아나고 사악한 독액이 흉측하게 나왔다.

강윤수는 칼을 세게 겨눴다.

"혼신일격."

그와 악마가 동시에 맞붙었다.

베르발이 사방으로 독액이 묻은 손톱을 세차게 휘둘렀다.

강윤수는 칼을 휘둘러 치명상을 입혔으나 부상을 입고 말았다.

서거걱-!

강윤수는 오른팔과 왼쪽 다리가 잘리고 바닥에 내동댕이쳐졌다. 동시에 베르발도 온몸의 내장이 흘러내릴 정도로 치명상을 입었다.

양패구상!

악마는 앞으로 단 한 칼이면 목숨을 끊어낼 수 있을 만큼 다쳤다.

"크학! 크하하하학!"

베르발은 상처를 이끌고 안개 저편으로 도망치기 시작했다.

날개를 잃었으나 본래 민첩한 악마답게 발걸음이 매섭게 빨랐다. 이대로 놓쳤다간 산맥으로 도망친 악마를 찾는 데 시간이 지체될 것이다. 그 시간 동안 뤼미에르가 아이리스에게 무슨 짓을 할지 알 수 없다.

'빨리. 어서. 제발.'

강윤수는 외팔로 떨어져 나간 검을 주워들었다. 그러나 창조의 권능을 사용해도 잘린 팔과 다리의 수복이 느렸다.

「악마의 치명적인 독액에 신체가 무서운 속도로 부식되고 있습니다.

신체 수복이 크게 느려집니다.」

강윤수는 억지로 몸을 일으켰다가 몇 걸음 가지 못하고 쓰러졌다.

'한쪽 발로는 악마를 따라잡을 수 없다.'

화이트를 소환해서 탑승하려 해도 오른팔이 잘려 소환할 수 없었다. 애타는 속과 달리 베르발은 그에게서 점점 멀어져 갔다. 이대론 악마를 죽일 기회를 놓치고 아이리스도 잃어버리고 만다.

'그럴 순 없다.'

이번 삶에선 그 누구도 잃을 수 없다.

한 발로라도 쫓아가야 한다.

악착같이.

강윤수가 억지로 몸을 일으키려 할 때였다.

히히히히힝-!

어디선가 말 울음소리가 들렸다.

마차 바퀴 삐걱대는 소리가 요란하게 들려왔다.

죄수를 호송할 때 쓰는 듯한 마차가 비탈길을 타고서 올라왔다. 안개를 뚫고 다가온 마차는 강윤수의 앞에서 정확히 멈춰 섰다.

밀짚모자를 깊이 눌러쓴 마부가 고삐를 쥐고 있었다.

서늘하게 퍼진 안개와 더불어 그의 모습은 수수께끼의 유령 같았다.

"난 내 질문에 정확한 대답을 한 사람만을 마차에 태운다. 만일 틀린다면 곧장 죽여 버리겠다."

마부가 엄숙한 목소리로 말했다.

"질문이다."

강윤수는 눈을 가늘게 떴다.

마부가 눌러쓴 밀짚모자 너머 익살스러운 광기로 찬 눈동자가 보였다.

무언가 익숙했다.

마부가 질문했다.

"사과 파이와 애플 파이 중에 더 맛있는 것은?"

언젠가 들어봤던 질문.
마부의 정체를 유추해내기란 이 세상 그 무엇보다도 쉬웠다.
강윤수가 힘겹게 대답했다.
"……설탕."
"정답! 과연 내가 반한 남자군! 한세현 놈 뒤를 쫓아온 보람이 있어."
흑호 클랜 대장 유시도.
마부로 위장한 그가 킬킬 웃었다.
강윤수는 낮게 읏박질렀다.
"닥치고 태워주기나 해."

끼이익.
마차의 문이 활짝 열렸다.
강윤수는 마차에 기어올랐다.
"악마를 따라잡아야 해."
"놈이 흘린 핏자국을 쫓아가지."
유시도는 세게 고삐를 흔들었다.
"가자, 사랑스러운 말 새끼들아!"
"히히히힝-!"
산맥까지 마차를 느릿하게 이끌어 왔던 평범한 말 두 마리가 어느새 지옥마로 변해 있었다.
붉은 눈망울을 가진 전투형 흑마!

유시도가 콧노래를 흥얼거렸다.

“평소엔 그냥 말인데 피를 범벅으로 묻히면 지옥마로 변하는 변종. 이놈들 구하려고 꽤나 고생했지.”

강윤수가 시련에서 소환했을 때와 같이 지옥마는 악인에게 복종했다. 그러니 범죄 클랜 대장 유시도는 최상의 주인이나 다름이 없었다.

“히히히힝-!”

지옥마가 이끄는 마차!

싸늘한 안개를 꿰뚫고 지옥마들은 푸르릉거리며 매섭게 질주했다.

유시도는 나뭇가지나 자갈 따위를 부숴가며 과격하게 마차를 몰았다.

“이봐. 설마 내가 그냥 널 도와주는 거라고 생각하진 않겠지?”

“뭘 원하는데.”

“흐음. 네 입술?”

스릉.

유시도는 그의 목에 칼을 들이미는 강윤수를 돌아보곤 킬킬 웃었다.

“걱정해. 진담이었으니까.”

“마차 계속 몰아.”

마차가 한참 달린 끝에야 베르발의 뒷모습을 찾을 수 있었다.

베르발은 상급 악마답게 피를 쏟으며 위태로웠으나 날렵히 뛰었다. 지옥마가 이끄는 마차가 아니었다면 악마를 따라잡지 못했을 것이다.

'베르발을 죽여야만 거신들의 마탑으로 이동할 수 있다.'

강윤수는 부상을 살폈다.

창조의 권능으로 팔다리를 복구하곤 있으나 악마의 독액이 묻은 상태다.

잘린 오른팔과 왼쪽 다리는 더디게 회복되고 있다.

'몸이 완전히 회복될 때까지 기다리기엔 시간이 부족해.'

무게중심을 잡긴 어려웠으나 검 한 획에 힘을 실을 수준은 되었다.

이제 방법은 하나뿐이었다.

'단칼에 끝낸다.'

시간을 오래 끌면 불리하다.

강윤수가 낮게 말했다.

"악마 곁으로 마차를 전속력으로 몰아."

유시도는 광소를 터뜨렸다.

"자, 너희도 들었나? 이 악마보다 악마 같은 악당 놈에게 복종해라!"

"히히히힝-!"

지옥마들이 콧김을 뿜으며 전력을 다해 투혼의 질주를 선보였다. 베르발은 근처로 다가온 마차를 눈치채곤 화들짝 기겁했다. 마차 안으로 팔다리를 잘리고도 기어코 쫓아온 강윤수가 보였다. 정신을 불태웠음에도 베르발은 그에 대한 공포심을 강렬히 느꼈다.

"크하아학! 이, 이 추악한 놈! 내, 내 눈앞에서…… 사라지란 말이다-!"

베르발이 거칠게 발톱을 휘두르자 마차 바퀴 하나가 부서져 나갔다. 마차의 차축이 크게 기울며 당장에라도 쓰러질 듯 거칠게 흔들렸다. 강윤수는 한쪽 발로 달리는 마차에서 악마를 향해 뛰어들었다.

"멸살의 참격."

외팔로 내리꽂은 단칼의 일격!

베르발의 두개골이 쪼개지며 파고든 칼날이 가슴 아래까지 내려갔다.

파가각-!

「【전설 의뢰-마탑으로의 여정(5)】을 완수했습니다.

상급악마 베르발을 죽였습니다!

무용담으로 남겨질 사냥업적!

모든 능력치가 6 상승합니다.」

「거부할 수 없는 계약이 맺어진 악마의 숨통을 끊어냈습니다.

거신들의 마탑으로 이전됩니다.」

베르발의 시체를 남겨두고 강윤수의 형체가 흐릿해지기 시작했다.

그리고 그는 지금까지의 대륙과 전혀 다른 이공간으로 이전되었다.

뤼미에르는 아이리스를 내려놨다.
특수한 마취액이 깃든 손수건에 당한 그녀는 아직도 잠들어 있었다.
'본래는 황궁에서 하려 했지만.'
일정이 틀어졌으니 그는 산맥에서 빠르게 일을 처리하기로 했다.
뤼미에르는 잠이 든 아이리스의 상의를 천천히 벗겨냈다.
우유처럼 곱디고운 순백의 살결이 찬바람에 맞닿아 부르르 떨었다.
잔혹하리만큼 아리따운 여체.
그러나 뤼미에르의 목적은 다른 곳에 있었다.
도플갱어 안에 갇힌 '그 존재'.
뤼미에르는 아이리스의 가슴 정중앙에 손가락을 가져다 대었다.
'당신을 회수할 때가 되었소.'
'그 존재'와 접촉하려면 도플갱어의 정신세계로 들어가야만 했다.
이것은 뤼미에르에게도 굉장히 어렵고 복잡한 과정이었다.
타인의 허락 없이 정신세계로 침투하는 것은 강한 집중력을 요했다.
잠이 들어 의식을 잃은 도플갱어의 마음을 한 꺼풀씩 걷어낸다. 뤼미에르가 그녀의 추상적인 정신세계로 침투하기 직전이었다.

그녀의 코앞으로 문구가 떴다.

「마탑 조각을 지닌 동료가 계약이 맺어진 악마를 처치했습니다!
거신들의 마탑으로 이전됩니다.」

갑자기 아이리스의 형체가 흐릿해지더니 완전히 사라져 버렸다.

뤼미에르는 눈살을 찌푸렸다.

'생각보다 빠르군.'

그러나 이런 상황은 각오하고 있었다.

상대는 천 번 사는 자였으니까.

뤼미에르는 품에서 펜던트를 꺼내 손아귀에 꽉 쥐었다. 그러자 그의 모습이 탁하게 일렁이더니 어디론가 사라져 버렸다.

샤네트와 헨릭은 강윤수의 흔적을 쫓아 숲속을 맴도는 중이었다. 그러던 와중에 문구가 떠올랐다.

「마탑 조각을 지닌 동료가 계약이 맺어진 악마를 처치했습니다!
거신들의 마탑으로 이전됩니다.」

"강윤수 님이 해내셨네요."

"결국 진짜 그 위험한 곳에 가는구만. 기뻐해야 할지, 말아야 할지."

두 사람이 일렁이더니 사라졌다.

샤프는 강제로 소환계로 돌아갔고 뤽도 인형상자에 도로 보관됐다.

의식이 잠깐 꺼졌다가 돌아오고 발을 디디는 느낌이 달라졌다.

샤네트와 헨릭은 조심스레 눈꺼풀을 들었다.

둘은 기묘한 장소에 와 있었다.

안개가 넘실거리는 황량한 폐허.

케르바스 산맥과 달리 색채가 어둡고 음산한 안개였다.

안개 주위론 수수께끼 건물의 잔해들이 뾰족하게 방치되어 있었다.

「거신들의 마탑에 도착했습니다.

대륙과 다른 차원의 공간입니다.

이 지역의 탐색정보나 지리적 위치는 전혀 밝혀져 있지 않습니다.

탐험을 통해 개척도를 올리며 지도를 제작할 수 있으나 어떤 생명체를 만나게 될지 미지수입니다.

일정 시간마다 커다란 발걸음 소리가 황량한 폐허에 거칠게 울립니다.

폐허 어딘가에서 막대한 위용의 마탑이 재건되고 있습니다.」

"뭔가…… 지금까지 거쳐 왔던 장소들과는 색다른 느낌이 들어요."

"더럽게 기분 나쁜 장소구만."

두 사람은 일단 강윤수와 아이리스부터 찾기로 했다.

그들도 마탑으로 이전되었을 테니 멀지 않은 장소에 있을 것이다.

"두 분 다 무사하실지 모르겠어요."

"인마, 두 놈 다 황야에 버려져도 식사 한 끼를 안 굶을 녀석들인데 뭐가 그렇게 걱정이냐?"

"그래도 강윤수 님이 하셨던 말씀이 말이 마음에 걸려요. 회귀를 아는 연금술사를 만났다면 예전 삶과는 다른 변수를 마주한 거잖아요."

다행히 폐허를 돌아다니다 보니 두 사람 모두 어렵지 않게 찾아냈다.

아이리스는 상체를 벌거벗고 폐허에서 코를 골았고 강윤수는 팔다리를 복구하며 술을 들이켜고 있었다.

헨릭이 구슬프게 웃었다.

"봐라. 우리 믿음직한 동료들은 도통 걱정할 구석이 없다."

강윤수는 몸을 완전히 회복했다.

창조의 권능으로 복구한 팔다리는 움직여도 아무런 이상이 없었다.

'드디어 도착했군.'

거신들의 마탑.

이곳엔 만물의 왕 시리안이 있다.

'뤼미에르는 시리안이 모든 계획을 꾸몄다고 말했었지.'

일천 번째 삶에서 일어난 변수.

마지막 삶.

마황이 일찍 나타난다.

흰 그림자.

'없어야 할 자'로 인해서 깨져 버린 세상의 규칙.

'뤼미에르가 했던 말도 걸린다.'

뤼미에르는 말했다.

세상은 멸망해야 한다.

그게 자신들 앞에 놓인 길이라고.

'이제 그 의문들을 해소하기 위해 마탑을 올라야겠군.'

이 모든 것에 관한 해답을 시리안은 알고 있으리라.

한편 아이리스는 여전히 잠에서 깨어나지 못하고 있었다.

샤네트는 여벌 옷을 꺼내 그녀에게 입히곤 걱정스러운 표정을 지었다.

"어깨를 흔들고 뺨을 쳐봐도 깨어날 기미가 보이지 않으세요."

"흐음. 그냥 잠든 건 아닌 모양이다. 아무래도 누가 의도적으로 마취를 한 모양인데? 있어 봐라."

헨릭이 아이리스의 턱을 벌려 숨통을 잘 트이게 해줬다.

그리곤 품에서 육포를 꺼내어 그녀의 코앞에서 살랑살랑 움직였다.

샤네트가 어이없어하며 웃었다.

"설마 그런 방법이 통하겠어요?"

"사람도 본능에 충실한데, 몬스터라고 배기겠냐?"

그러다가 아이리스가 느릿하게 눈동자를 뜨더니 갑자기 육포를 든 헨릭의 손가락을 콱 물었다.

"으억! 인마! 손가락 잘린다!"

아이리스는 헨릭의 손가락을 물고 빨다가 눈을 완전히 뜨고 놔줬다.

그녀가 육포를 씹으며 말했다.

"헨릭의 손가락은 씹는 맛이 좋았단다. 굳은살이 있어 그런가 보구나."

"……넌 절대 굶기면 안 되겠다."

"다행히 마취가 그리 오래갈 정도로 깊게 된 건 아닌 모양이었네요."

아이리스는 기지개를 켜며 하품을 한 뒤 강윤수 곁으로 다가왔다.

"여긴 정말 황량한 곳이구나. 강윤수는 예전 삶에서 여길 와봤니?"

"어."

"이렇게 황량한 폐허에서 어떻게 살아남을 수 있었느냐?"

"땅 파서 벌레 먹었어."

아이리스는 진지하게 발끝을 내려 봤다.

"맛있었겠구나."

이전에도 거신들의 마탑에 왔다.

그러나 그조차 이곳에서만은 나름대로 조심히 행동하곤 했다.

하물며 20년 수련했던 지난 삶과 달리 지금은 1년여밖에 안

지났다.

그러나 그는 지금 신이었다.

강윤수는 혜안의 권능을 써봤다.

일전에는 마탑을 살피려 했을 때는 이공간이라서 불가능했다.

「신의 천적 갓 브레이커를 파괴한 보상으로 권능이 강화됐습니다.
+혜안의 권능이 대륙과 이질적인 이공간도 살필 수 있게 되었습니다.
대륙과 다른 이공간은 30분 동안만 살필 수 있습니다.
타인의 정신세계에 한층 더 침투하기 쉬워졌습니다.」

'신도 성장할 수 있군.'

'없어야 할 자' 탓에 세상의 규칙이 깨져 상당수의 힘을 잃은 신.

그러나 천적을 없애며 잃어버린 힘을 조금 회복할 수 있었다.

시선이 몸으로부터 벗어나 폐허 전역을 살필 수 있게 되었다.

안개를 뚫고 폐허를 지나가자 커다란 발소리가 울렸다.

안개 너머로 한눈에 들어오지 않을 정도로 큰 그림자들이 보였다.

쿵……쿠웅……!

전신이 화염으로 타오르는 거신!

그뿐 아니라 서쪽 근방에는 얼음조각으로 몸을 덮은 거신도 보였다. 드래곤보다 보기 힘든 거신들이 마탑 주위를 배회하고 있었다.

'멸망사막이나 지하에서 봤던 늙은 거신과는 질적으로 다르다.'

장성하고 젊은 거신들!

그야말로 전성기의 힘을 가진 거신들은 일반 드래곤조차 압도한다. 마법으로 몸에 문신을 새겼거나 자연의 힘을 익혀 더욱 위대한 강함을 손에 넣은 거신이 수십이었다. 집채보다 커다란 몬스터를 산 채로 물고 뜯어 배를 채우기도 했다.

하나만 출현해도 국가 전역을 초토화할 수 있을 초대형 거신들!

마탑을 가기 위해선 수십 마리의 거신들이 있는 곳을 넘어야만 했다. 그러나 강윤수에겐 거신들을 해치울 만한 기술이 존재하지 않았다.

'천벌 말고도 모든 신력을 소모하면 파괴신이 될 수 있다.'

파괴신!

모든 신력을 소모하고 그야말로 파괴만을 위한 신이 된다.

그러나 아직 써보지 않은 능력이기에 신력을 전부 쓰기엔 위험했다.

'역시 그게 좋겠군.'

그는 지원군을 부를 생각이었다.

거신을 상대할 만큼 강한 몬스터.

강윤수는 불멸의 검을 들었다.

"네버데드 드래곤 소환."

4장
거신들의 마탑

흑색 칼이 눈부시게 빛났다.

새로운 문구가 떠올랐다.

「네버데드 드래곤은 소환 횟수가 1회로 한정된 흉포한 몬스터입니다.
그래도 지금 소환하시겠습니까?」

"어."

칼자루에서 거센 힘이 느껴졌다.

칼끝이 흔들리며 커다랗고 어두운 기운이 밖으로 뿜어져 나왔다.

「혼돈을 울부짖는 네버데드 드래곤을 소환합니다!

대륙에서 가장 강대한 드래곤의 시체를 써서 전투력이 월등합니다.
언데드로 되살아나며 생전에 잘렸던 사지가 도로 접합되었습니다.
왼쪽 눈동자와 심장이 손실되어 소유 마력이 상당량 감소합니다.
네버데드 드래곤을 죽이는 방법은 아직 밝혀지지 않았습니다.
성미가 난폭하고 막강한 무력을 지닌 최상급 언데드이며 고위 네크로맨서조차 복종시키기 어렵습니다.
소도시를 괴멸시킬 수준의 블러드 브레스를 뱉을 수 있습니다.」

검에서 뿜어져 나온 기운이 흉악한 드래곤의 형체를 갖추었다.

헨릭이 입을 딱 벌렸다.

"정말 미쳤군. 지금껏 봐왔던 언데드들이랑은 비교도 안 되는구만."

네버데드 드래곤은 장대했다.

무기를 부딪친 흔적이 농후한 거친 비늘과 새롭게 붙은 사지. 회흑색의 살결과 암흑 기운은 거대한 위용과 더불어 살기 어린 모습이었다.

본드래곤조차 상회하는 체구.

그야말로 최강의 언데드였다.

「대륙 최초로 네버데드 드래곤을 소환해냈습니다!
고대영웅 나크론조차 이루지 못한 최고 수준의 업적!
네크로맨서 관련 스킬이 3레벨씩 오릅니다.

최후의 네크로맨서의 길을 걸어갈 자격이 수여되었습니다.
네크로맨서 학회에서 최고의 대우와 공적치를 받을 수 있습니다.」

일행은 마른 침을 삼키며 소환된 언데드를 올려다보았다.

네버데드 드래곤이 강윤수를 바라보며 처음 입을 열었다.

"네가 날 되살렸나."

"어."

"나는 누구인가."

네버데드 드래곤은 안개에 둘러싸인 황량한 폐허를 천천히 돌아봤다.

"이곳은 또 어디인가?"

"너는 네버데드 드래곤이며, 이곳은 네가 싸워야 할 장소다."

"약한 생물을 죽이고 싶다. 짝짓기를 해 나의 자손을 대지에 남겨야 한다. 나만의 둥지도 만들고 싶군."

"넌 날 위해 싸워야 한다."

"여긴 너무 어둡고 이상한 장소다. 다른 곳으로 이동하고 싶군."

대화가 통하지 않았다.

네버데드 드래곤은 보통 언데드와 다르게 자신의 욕망에 충실했다.

강윤수는 한 발짝 앞으로 나섰다.

"내 말을 들어라. 언데드."

"그럴 이유는 없다. 나약한 인간."

네버데드 드래곤이 갈가리 찢어진 날개를 활짝 펼쳤다.

이대론 애써 소환한 네버데드 드래곤이 다른 장소로 날아갈 판이다.

강윤수가 낮게 소리쳤다.

"난 살아 있는 시절의 널 죽였다."

그 순간 날갯짓이 멈췄다.

네버데드 드래곤은 외눈으로 강윤수를 관찰하더니 눈살을 찌푸렸다.

"보기보다 노인네로군요."

생전의 자아를 잃었으나 멸망룡의 말투는 여전했다.

강윤수는 이어서 말했다.

"넌 나약한 인간에게 죽었다."

"내가 그랬을 리 없습니다."

네버데드 드래곤이 으르렁거렸다.

그러나 완전히 부정하진 못했다.

"살아생전 내가 누구였는지…… 무엇을 했는지 기억하기가 힘듭니다."

네버데드 드래곤은 혼란스러워했다.

강윤수가 담담히 물었다.

"생전의 기억을 되찾고 싶나?"

"그렇습니다."

"그럼 내게 복종해라."

"자존심이 허락하지 않습니다."

네버데드 드래곤이 본능적으로 반항심을 불태우며 이빨을 부딪쳤다.

"노인네는 날 죽였다고 했습니다. 그럼 원수였을 가능성이 크겠지요."

"너는 내 아내를 다치게 했었다."

"과연 날 죽일 만했군요."

네버데드 드래곤은 인정했다.

그때 샤네트가 앞으로 나섰다.

"드래곤이시여, 부디 이분의 말씀을 따라주세요."

샤네트는 멸망룡의 발톱에 채여 극심한 부상을 입은 전적이 있었다.

그러나 그녀는 조금도 두려워하지 않고서 공손히 부탁했다.

"기억을 잃는다면 그 누구라도 끔찍이 괴로울 거예요. 자신이 바라왔던 숙원, 소중히 여겼던 존재도 모두 사라져 버리니까요. 하지만 조금만 더 인내해 주세요. 저희가 반드시 기억을 되찾아드리겠어요."

네버데드 드래곤은 샤네트 앞으로 목을 길게 늘어뜨렸다.

"네게는 어째서인지 전혀 반항심이 들지 않는다."

드래곤 패밀리어.

레드 타이런트의 고유스킬이 드래곤과의 호감도를 대폭 올려줬다.

네버데드 드래곤이 감탄했다.

"네 황금색 눈동자가 아름답군."

"……가, 감사해요."

샤네트는 드래곤이 의안(義眼)을 눈치채기 전에 뒤로 물러났다.

강윤수는 말했다.

"우릴 마탑까지 데려다줘라. 그 후에 생전의 기억을 되찾아 주겠다."

"노인네를 믿어보겠습니다."

네버데드 드래곤이 등을 내줬다.

일행은 드래곤 위로 탑승했다.

헨릭이 드높은 고공을 바라봤다.

"정말 오래 살다 보니 드래곤 등위에 다 올라타 보는군."

"충격으로 떨어지지 않게 비늘을 꽉 붙잡아야겠어요."

"혹시라도 누가 추락하면 내가 날아가서 꼭 붙잡아주겠단다."

아이리스가 날개를 파닥였다.

이윽고 네버데드 드래곤이 날아올랐다.

마탑까지의 여정.

본래 50일 이상 밤낮으로 걸어야 마탑으로 도달할 수준의 거리였다. 황량한 폐허를 지나야 했고 고레벨 몬스터가 안개 주위에 득실거린다.

폐허는 탐사를 하려면 역경을 디뎌야만 하는 장소였다.

식량과 식수를 찾지 못할 뿐 아니라 안개에 가로막혀 몬스터의 습격도 대비하기 힘들기 때문이었다.

그러나 강윤수 일행은 누구보다 빠른 속도로 마탑을 향해 나아갔다.

"크롸아아악-!"

최강 언데드의 포효!

네버데드 드래곤이 울음을 쏟으면 중레벨 몬스터들은 금세 도망쳤다.

"샤무리끄! 샤무리끄!"

"까뤼즈 오르케빤!"

고레벨 몬스터들은 살기에 굴복하지 않고 덤벼왔지만 비늘에 흠집 하나 내지 못하고 바스러져야 했다.

「이차원의 야만족 수장 레불트가 집념의 할버드를 던졌습니다.

13레벨의 상급 투척 스킬!

네버데드 드래곤의 갈라진 비늘이 물리피해를 96% 완화합니다.」

「네버데드 드래곤이 레불트를 짓밟아 단숨에 터뜨렸습니다!」

네버데드 드래곤은 수백 마리의 몬스터를 짓밟고 부수며 활공했다.

적일 땐 난공불락이었지만 아군이 되니 이보다 든든한 지원군이 없다.

강윤수는 네버데드 드래곤의 정수리에 앉아 비행 생명체를 공격했다.

"캬오오옥!"

독사의 머리를 가진 대형 괴조가 날아와 독액을 내뿜었다.

강윤수는 칼을 들어 올렸다.

「검에 바람의 천벌을 담았습니다.
쾌속의 질주, 회오리 폭풍, 공중도약 스킬이 추가되었습니다.
920의 신력이 소모되었습니다.
남은 신력: 8,120」

바람의 천벌!

공중도약이 가능해져 민첩히 움직여도 추락을 걱정할 필요가 없었다. 강윤수는 비행 몬스터들이 독을 내뿜기도 전에 목을 갈라냈다. 폭풍을 품은 칼을 휘두르면 괴조들이 떼로 말려들어 찢겨 버렸다.

샤네트는 불을 휘감은 사슬낫을 던졌고, 헨릭은 룩을 꺼내 싸웠다. 아이리스는 비늘을 돋워서 독액을 방지하고 손으로 몬스터를 찢었다.

일행은 본래 수십 일이 걸려야 했을 거리를 수 시간 만에 지나갔다. 어느새 습격하던 몬스터들이 사라지고 알 수 없는 위화감이 흘렀다.

「거신들의 영역에 입장합니다.
힘으로 범접할 수 없는 거신들이 활보하는 공간입니다.
거신은 타종족을 배척하며 마탑에 접근하는 침입자를 처단합니다.」

거신들의 영역!

마탑에 들어가기 위해선 반드시 거쳐야만 하는 영역이었다.

아주 멀리서조차 끔찍하도록 거대한 거신들이 훤히 보였다.
헨릭이 쓴웃음을 지었다.
"저거, 멸망사막에서 우리가 한 마리 잡으려고 갖은 고생을 다 하지 않았냐?"
"이번엔 수십 마리네요."
샤네트가 마른침을 삼켰다.
"최대한 높게 날아."
강윤수의 말에 네버데드 드래곤이 찢겨진 날개를 펼쳐 높이 올랐다.
아이리스는 안색이 창백해졌다.
"숨쉬기가 힘들 정도구나."
공기조차 희박해진 높이.
구름이 내려다보일 정도였다.
네버데드 드래곤이 최대한으로 날아오를 수 있는 고공이었다.
찢어질 듯한 고함이 아래에서 들려온 것은 바로 그때였다.
"거신의 영역에 가소로운 침입자가 당도했다-!"
밑에서 거신의 손아귀가 불쑥 튀어나와 드래곤의 꼬리를 붙잡았다.
거신이 뛰어올라 고공의 드래곤을 잡아챈 것이다!
헨릭이 얼굴을 사납게 구겼다.
"이런 망할!"
거대한 거신이 아니라면 상상조차 할 수 없는 행위였다.
네버데드 드래곤은 발버둥을 쳤지만 괴력과 중력을 이겨내지 못했다.

"크롸아아아악-!"

드래곤이 매섭게 떨어졌고 헨릭이 마나의 실로 일행의 몸을 휘감았다. 추락은 방지할 수 있었지만 몸이 떨어져 나갈 것처럼 요동쳤다. 대지에 부딪히기 직전 네버데드 드래곤은 날개를 펼치고 꼬리를 잡아챈 거신에게 엄청난 피를 뿜었다.

"크롸아아악-!"

「네버데드 드래곤이 블러드 브레스를 쏟아냈습니다.
혈액이 5.5% 감소합니다.
언데드 드래곤이 혈액을 보충하려면 엄청난 양의 피를 마셔야 합니다.
피를 모두 소모하면 경직이 일어나 움직일 수 없게 됩니다.」

"으허억!"

네버데드 드래곤을 붙잡았던 거신이 핏물을 뒤집어쓰며 녹아버렸다. 그러나 이미 주변에서 수십 마리의 거신이 적의를 품고 접근해 왔다.

"언데드. 저주받은 생물이다."

"절대 마탑으로 가게 두지 마라!"

"내게 밟혀서 죽게 되리라."

사방을 둘러싼 거신들!

일행은 완벽히 포위되고 말았다.

거대한 그림자들에 파묻혀 주위가 새카만 밤처럼 어두워

졌다.
강윤수는 손을 풀었다.
'역시 거신들을 거치지 않고선 마탑에 도달할 수 없군.'
고공으로 가더라도 붙잡힌다.
거신들을 꼭 상대해야만 했다.
네버데드 드래곤이 물었다.
"노인네, 어찌해야 합니까?"
"정면으로 돌파해."
"나는 죽고 싶지 않습니다."
"넌 여기서 절대 못 죽어."
네버데드 드래곤의 특성, 불사!
무슨 일이 있어도 죽지 않는다.
설령 목이 부러질지라도 네버데드 드래곤은 그대로 생명을 유지한다.
몸을 부숴 전투불능으로 만들 순 있지만 생명을 끊는 것은 불가했다.
'리치보다도 생존력이 질기지.'
리치는 평소엔 불사이지만 생명그릇이 파괴되면 목숨을 잃고 만다. 그러나 네버데드 드래곤은 온몸이 가루가 되도 부활의 여지가 있다.
온몸이 파괴당해도 시체만 모아준다면 피닉스처럼 부활이 가능했다. 물론 전신이 용암에 불타버리거나 여럿에게 먹히면 부활은 힘들겠지만 그런 상황은 쉽사리 오지 않는다. 몸에 두른 칠흑의 기운 덕에 뼈가 부러지고 구멍이 뚫려도 버틴다.

'신성력이나 햇빛에 닿지만 않는 이상 네버데드 드래곤은 강대하다.'

네버데드 드래곤의 유일한 약점!

신성력이나 햇빛에 닿으면 금세 바스러지고 심하면 목숨도 잃는다.

그러나 황량한 폐허엔 안개가 흘러 햇빛이 존재하지 않았고 신성력이 담긴 물건도 찾아볼 수 없었다.

"거신들을 최대한 유인해서 정면을 돌파해라."

"나 혼자선 불가능합니다."

"둘이면 돼."

강윤수는 라이트를 소환했다.

"그 거슬리는 정령은 뭡니까?"

네버데드 드래곤은 언데드답게 빛의 정령에게 적의를 표현했다.

그러나 강윤수는 그 말을 무시하고서 라이트에게 명령했다.

"분신을 만들어줘."

"응. 알겠어."

라이트가 예전보다 기운이 없는 목소리로 대답했다.

정령은 네버데드 드래곤의 등에 양손을 가져다 댔다.

강윤수 때와 달리 드래곤의 크기 탓에 분신을 만드는 데 오래 걸렸다.

그새 거신들은 공격을 시작했다.

"내 불에 태워져 죽어라!"

"힘으론 내게 맞먹지 못하리라."

무시무시한 대규모 총공격이 네버데드 드래곤을 덮치기 시작했다.

네버데드 드래곤은 블러드 브레스와 질긴 생명력으로 버텨갔다.

그사이 분신이 만들어졌다.

비늘의 모양과 상처 하나까지 동일한 또 다른 네버데드 드래곤!

「빛의 정령 라이트가 광명분신을 만들었습니다.

생명력은 본체의 2할이며, 한 시간 뒤에는 저절로 사라집니다.

인격은 동일하나 모든 스킬 레벨은 1이 되며 전투력이 떨어집니다.

분신은 사라질 때 빛의 폭발로 사방에 강력한 피해를 입힙니다.

+초대형 몬스터의 광명분신은 몹시 불안정해 제한시간이 되기 전에 스스로 파괴될 확률이 높습니다.

초대형 분신을 만들어 9일간 광명분신을 사용할 수 없게 됩니다.」

"나, 이젠 힘들어……."

라이트는 사력을 다하고 잔뜩 지친 상태로 소환계에 돌아갔다.

빛의 굴절을 이용한 분신!

한때 멸망룡의 눈까지 속였던 분신은 거신들마저 감쪽같이 속였다.

네버데드 드래곤이 두 마리로 늘어나자 거신들을 당황하고 말았다.

"죽여야 할 놈이 늘어났다!"

"이게 어찌 된 일이지?"

일행은 그 틈에 드래곤의 등에서 내려왔다.

두 마리의 네버데드 드래곤이 포효하며 각기 행동에 돌입했다.

본체는 브레스를 내뿜어 거신들을 녹이며 돌진했고 분신은 날개를 활짝 펼쳐 반대 방향으로 도주했다.

거신들은 당황하며 양 갈래로 찢어져 네버데드 드래곤을 추격했다.

"이제 가자."

어서 서두르지 않으면 거신들이 다시 이곳으로 돌아오리라.

일행은 빠르게 뛰었다.

멀리서 검고 똑바른 탑이 보였다.

거신들의 마탑.

시리안이 기다리는 장소였다.

마탑은 검고 곧은 건축물이었다.

지상에서 꼭대기가 보이지 않을 정도로 높게 치솟은 거대한 탑.

강윤수는 그 탑을 올려다봤다.

'마탑은 99층까지 존재한다.'

과거 고대영웅들에 의해서 무너졌던 마탑은 거신들에 의해 재건됐다.

그리고 현재 마탑은 완공되었다. 하늘까지 치솟은 마탑은 부수지 못할 장벽처럼 굳건히 서 있었다.

'마탑을 오르는 것은 쉽지 않다.'

층마다 험한 시련이 기다린다.

장서관에서 도전했던 역사서 속 시련과는 위험도의 수준이 달랐다. 마탑에 진입하면 시련에 성공할 때까지 결코 밖으로 나갈 수 없다. 그러나 각층의 시련을 깨면 보상을 얻고, 크게 성장할 수 있다. 그렇게 마침내 마지막 층에 도달하면 그 남자와 마주하게 된다.

'만물의 왕 시리안.'

마탑을 재건한 장본인.

그가 꼭대기에서 기다리고 있다.

"드디어 도착했구나."

일행은 마탑 앞에 도달했다.

마탑의 입구는 저승의 문턱처럼 싸늘하고 섬뜩한 분위기를 풍겼다.

강윤수는 마탑에 진입하기에 앞서 모든 소환수를 소환했다.

샐리는 높은 마탑을 까치발까지 해서 올려다보다가 뒤로 넘어졌다.

"아이코! 와아. 무지무지 커. 샐리는 저렇게 큰 탑 처음 봐."

화이트는 마탑의 불길한 기운을 눈치채고서 사납게 으르렁거렸다.

"우르노크라."

아클은 팔짱을 끼고 마탑을 거만하게 올려다보며 말했다.

"야, 멍청한 리치. 저 탑을 오르려면 얼마나 걸릴 것 같냐?"

"탑의 면적과 높이로 봐선 못해도 수십 일은 소요될 게 분명하다."

"흥. 그렇게나 오래? 나는 저깟 탑쯤은 나흘이면 오르고도 남겠다."

"엄청난 만용이다. 아클."

꼬마 리치가 우려를 표했다.

샤프는 라이트 곁에서 우물쭈물거리며 어쩔 줄 몰라 했다.

"라, 라이트……. 저, 저기……."

"드래곤 분신을 만들어주느라 지쳤어. 나한테 말 걸지 마. 샤프."

라이트는 환한 미소도 지어주지 않고 고개를 싸늘하게 휙 돌렸다. 소녀의 차가워진 태도에 샤프는 한껏 풀이 죽은 기색이었다.

헨릭도 소녀 인형 릭을 꺼냈다.

"준비해라. 탑 오른다."

"사람도 죽여?"

"글쎄다. 어쩌면 저 탑에 그런 끔찍한 시련이 있을지도 모르겠다."

"나는 사람들을 마구잡이로 찢어버리는 시련이 있었으면 좋겠어."

"어련하겠냐."

천사 유리엘만은 타락으로 정신적 충격을 받았기에 소환하지 않았다.

강윤수는 일행에게 마탑에 관해 대략 설명한 뒤 미리 경고했다.

"마탑에 한 번 들어가면 시리안을 죽이기 전까지 나올 수 없어."

샤네트는 사슬낫을 꽉 쥐었다.

"99층의 시련. 쉽지 않겠네요."

아이리스가 마른 침을 삼켰다.

"저 높은 탑을 다 오르려면 정말 목숨을 걸어야겠구나."

헨릭은 눈살을 찌푸리며 턱을 긁적였다.

"그냥 비행 몬스터를 언데드로 만들어서 꼭대기까지 날면 안 되냐?"

"못 해."

강윤수가 짧게 대답했다.

마탑을 부숴 버리거나 비행, 벽면을 타고 오르는 기행은 불가능했다. 그는 이전 삶에서 탑을 편히 오르려고 온갖 수를 썼지만 실패했다.

'마탑에선 전력을 쏟아야만 한다.'

그때 바닥에 큰 울림이 느껴졌다.

쿵……! 쿠웅……! 쿠우웅……!

"서둘러 놈들을 쫓아라!"

"왕의 동업자 외엔 그 누구도 마탑에 가게 둬선 안 된다!"

네버데드 드래곤의 분신을 파괴한 거신들이 접근해 오고 있었다.

시간을 더 이상 지체할 순 없다.

강윤수는 마탑의 문에 손을 가져다 댔다.

새카만 문이 열렸다.

끼이이익……!

일행은 마탑 1층에 진입했다.

일단 마탑에 들어온 이상 외부에선 거신들이라도 간섭할 수 없었다.

「마탑의 내부에 들어왔습니다!
층마다 위험한 시련과 몬스터가 도사리고 있습니다.
침입자는 마탑의 주인을 죽이기 전까진 탑에서 나갈 수 없습니다.
차원이 불안정한 마탑 안에는 특수한 아이템들이 숨겨져 있습니다.
마탑 내부에선 주인의 허락 없이 소환수를 소환할 수 없습니다.」
「마탑에 진입해 【전설 의뢰-마탑의 주인】이 시작되었습니다.」

【전설 의뢰-마탑의 주인】

어렴풋이 재건되고 있을 거라 추측되던 마탑은 이미 완공된 직후였다. 마탑을 완공한 주인은 판데모니엄과 대륙을 이으려는 위험한 목적을 품은 것이 분명하다.

이를 저지할 방법은 단 하나뿐. 마탑의 주인을 찾아내 죽여라.
+마탑의 주인의 정체는 수수께끼로 둘러싸여 있다.
+마탑을 오르다 보면 주인에 관한 단서를 얻을 수 있을지 모른다.

헨릭이 세밀히 주위를 살폈다.

"생각보다 안은 환한데?"

마탑의 어두운 외견과 달리 내부엔 간간이 촛불이 켜져 있었다. 고풍스러운 양식과 설계는 심지어 안락하다는 느낌이 들 정도였다.

"그래도 긴장을 풀어선 안 돼요. 자칫 방심했다간 죽게 될 거예요."

샤네트가 전투태세를 갖추고 말했다.

꼬마 리치가 두개골을 끄덕였다.

"스승이 시리안의 힘으로 멸망룡을 죽이는 것을 본 적 있다. 만물의 왕은 멸망룡보다도 훨씬 강하다."

샐리는 떨면서 망설이다가 아클에게 다가가 손을 살며시 붙잡았다.

아클이 곧장 얼굴을 찡그렸다.

"윽. 망할. 뜨겁게 뭐 하는 짓이야? 당장 손 안 치워?"

샐리는 불안해하며 울먹였다.

"아빠가 여기엔 만물의 왕이 산댔어. 분명 엄청 세고 잔인할 거야. 하지만 샐리는 누가 죽는 게 싫어."

"흥. 겁쟁이. 그깟 놈이 뭐가 무섭다고? 한심해 죽겠군. 이러니까 내가 널 누나라고 안 부르는 거다."

아클은 차갑게 쏘아붙이며 섀리의 손을 부드럽게 잡아줬다.

한편 샤프는 용기를 쥐어짰다.

"라, 라이트…… 우, 우리도…… 예전처럼…… 손을……."

"샤프, 네가 제대로 말해주지 않으면 난 알아들을 수 없어."

라이트는 딱 잘라서 말하자, 샤프는 기가 죽어서 입을 다물어버렸다.

마탑 1층은 넓었고 대리석이 고급스럽게 깔려 있었다.

강윤수가 앞장선 일행은 조심스레 마탑 내부를 걸어갔다.

'1층의 시련은 간단하다.'

해당 층에 있는 짐승형 몬스터 100마리를 모두 학살하는 것.

신의 직업까지 손에 넣은 강윤수에겐 그다지 어려운 시련이 아니다. 그러나 높이 올라갈수록 시련의 난이도는 높아지고 위험해진다.

'그 대신 보상의 질도 좋아진다.'

위험을 감수하는 대신에 탑을 오를수록 더욱 성장할 수 있다. 99층의 시련이 위험해도 강윤수는 이전에 올라본 경험이 존재한다.

'신이 되어 그리 큰 의미는 없겠지만 보상을 얻어서 나쁠 건 없다.'

자신뿐만 아니라 일행도 성장할 발판을 얻을 수 있으리라.

그는 최대한 빠르게 탑을 오를 작정이었다.

바로 그때였다.

화이트가 털을 꼿꼿이 세웠고 아이리스는 눈썹을 치켜 올렸다.

"카미르토르."

"피 냄새가 진하게 풍기는구나."

강윤수는 멈춰 섰다.

피 냄새?

……1층에서 피 냄새가 난다고?

그럴 리가 없다.

'설마.'

"강윤수 님, 왜 그러세요?"

샤네트가 물었지만 그는 정신이 팔린 것처럼 대답하지 않았다. 강윤수는 무언가 생각하는가 싶더니 갑자기 매섭게 뛰기 시작했다.

헨릭이 미간을 찌푸렸다.

"저놈 갑자기 왜 저러냐?"

꼬마 리치는 진지하게 말했다.

"볼일이 급한 게 틀림없다."

"그건 아니라고 본다. 인마."

"아무튼 빨리 따라가 봐요!"

일행은 서둘러 강윤수의 뒤를 쫓아갔다.

드넓은 1층 끝 편에 넓적한 방의 입구가 놓여 있었다.

강윤수는 그 방에 들어갔고, 일행도 그를 뒤따랐다.

아이리스가 코끝을 찡그렸다.

"몬스터 시체들이 아주 많구나."

짐승처럼 보이는 몬스터들이 사방에 육편처럼 쪼개져 흩어져 있었다. 본래 1층의 시련으로 출현했을 몬스터들이 틀림없었다. 죽인 지 꽤 오래되었는지 시체들은 악취를 풍기며 부패되어 갔다.

샤네트가 의아해했다.

"누가 몬스터들을 죽인 걸까요?"

그 의문은 곧 해소되었다.

달리던 강윤수가 갑자기 멈췄다.

헨릭이 숨을 헐떡이며 물었다.

"너, 왜 갑자기 뛰어갔냐?"

강윤수는 말없이 눈앞을 가리켰다.

한 사내가 피범벅으로 물든 시체 더미들 사이에서 졸고 있었다.

참으로 기묘한 광경이었다.

사내 주위로 족히 일백은 되는 몬스터 시체 더미가 원을 그리고 있었다. 이런 장소에서 잠드는 것도 흔치 않은데 그 자세마저 묘했다. 사내는 창을 바닥에 내리꽂고선 창대에 뺨을 기대어 졸고 있었다.

샤네트가 의아해했다.

"저 사람은 누구죠? 마탑에 우리 외에 다른 사람도 왔었나요?"

그녀의 목소리를 듣고서 사내가 흠칫 빰을 떨며 깨어났다.

그는 침이 묻은 빰을 손바닥으로 닦고서 기지개를 켰다.

“아, 왔어?”

사내가 순진하게 웃어 보였다.

마치 그들이 올 것을 기다리기라도 했다는 말투였다.

샤네트는 왠지 그를 어디선가 본 기억이 나는 것만 같았다.

그녀가 물었다.

“당신은 누구시죠? 저희처럼 마탑에 오르려고 오신 모험가신가요?”

“그건 저 친구가 잘 알걸?”

사내가 빙긋이 웃으며 창을 뽑아 강윤수를 가리켰다.

강윤수가 그를 바라보며 말했다.

“시리안.”

침묵이 맴돌았다.

고요함은 오래 유지됐다.

헨릭이 멍청한 표정을 지었다.

“지금 저놈, 뭐라고 했냐?”

“시리안…… 이라고 하셨어요.”

“시리안이라면……. 마지막 층에 있다던 그 만물의 왕이로구나.”

일행의 표정이 점차 경악으로 물들어갔다.

눈앞의 사내가 시리안이라고?

고대부터 살아와 멸망룡보다 강인한 힘을 지닌 그 만물의 왕?

샤네트가 그제야 확신했다.

"이제야 알겠어요. 예전에 강윤수 님이랑 적색바위 발굴지에서 석판을 깨고서 공백의 역사를 본 기억이 있어요. 바로 저 사람이 시리안이에요. 영웅들을 배신하고, 판데모니엄의 문을 열려고 했던 만물의 왕."

"용케도 내 낯부끄러운 과거를 보셨군. 아가씨."

시리안이 뺨을 긁적였다.

다들 충격적인 사실에 전투태세를 취하는 걸 잠시 잊어버릴 정도였다.

"우르노크라-!"

화이트는 세차게 울부짖으며 발톱을 날카롭게 내세웠다.

"꺄아아악……!"

샐리는 새하얗게 질려서 아클에게 기대어 기절해 버리고 말았다. 일행은 긴장하며 경계를 했지만 감히 먼저 덤비진 못했다. 그러나 눈앞의 시리안에게선 아직 어떠한 위압감도 느껴지질 않았다.

"흐음. 개성적인 친구들이야."

샤네트가 날카롭게 물었다.

"어째서 당신이 1층에 있죠?"

시리안이 시체에 주저앉은 채 강윤수 일행을 바라봤다.

"너희가 1층부터 올라오면 시련을 깨고서 훨씬 강해지잖아. 그렇게 생각하니 마지막 층에서 나 혼자서 기다리는 것도 꼴이 우습더군. 그래서 내가 1층으로 몸소 내려왔지. 그편이 좀 더 빠르고 좋지 않겠어?"

만물의 왕 시리안.

본디 마지막 층에 있어야 할 최악의 적이 1층으로 내려와 있었다.

강윤수가 칼을 뽑았다.

"넌 원래 마지막 층에서 내려오지 않았던 걸로 기억하고 있는데."

"이번만은 예외야. 마지막 삶이니까 내가 몸소 손님을 맞아야지."

시리안은 천천히 일어섰다.

강윤수가 한 걸음 나아갔다.

두 남자는 서로를 마주 보았다.

"널 죽이기 위해 왔다. 시리안."

"공교롭게도 나랑 같군. 나도 널 죽이려고 여기서 기다렸으니."

만물의 왕은 장난스럽게 웃으며 술잔을 마시는 시늉을 해 보였다.

"오래 기다렸더니 목이 타. 서로 죽이기 전에 술잔부터 나눌까?"

"어."

"……."

일행은 두 남자의 비상식적인 대화에 할 말을 잃어버렸다.

5장
만물의 왕 시리안

적장이 주는 술은 위험하다. 술에 독이 있을지 모르고 취하면 싸움에 있어 당연히 불리했다.

마탑 1층의 넓고 깔끔한 홀.

시리안은 창대를 등에 멘 뒤 직접 소매를 걷고 맑은 술을 내왔다.

"자, 자. 다들 한 잔씩 하자고. 술잔의 개수가 딱 맞아서 다행인걸. 어린 정령들도 맛봐. 난 악역이니까 미성년한테 술 줘도 돼."

그는 샤네트, 헨릭, 아이리스와 소환수들에게도 술잔을 나눠줬다.

강윤수만은 늘 품고 다니는 무한의 술잔에 맑은 술을 양도 받았다. 그러나 술을 즐기는 헨릭조차 술잔에 입술을 대지 않았다. 헨릭은 깔끔한 술잔에서 찰랑이는 액체를 내려 보며 침만 삼켰다.

"이거, 무지하게 귀한 술이구만."

시리안은 술독을 저편에 두고 편히 눌러앉으며 놀란 표정을 지었다.

"오, 영원주(永遠酒)의 진가를 알아보는 사람은 그리 많지 않은데. 고대왕국 시절에 담가놓은 술이야. 마지막 층에서 가져왔지. 다들 한 잔씩 하지그래?"

그러나 일행은 술을 맛보기는커녕 편히 앉거나 술잔을 쥐지도 않았다.

모두 시리안을 경계하고 있었다.

적이 주는 술을 함부로 입에 댈 미친 작자가 세상 어디에 있겠는가?

"향 괜찮지?"

"어."

강윤수가 한 손에 칼을 쥐고 다른 한 손으로 술을 홀짝이며 말했다.

"……."

샤네트가 강윤수의 종아리를 살며시 지르밟았다.

"왜."

"……지금 그게 넘어가세요?"

"시리안은 술자리에서 안 싸워."

시리안은 옅게 미소 지었다.

"맞아. 난 술자리에서 안 싸워. 하지만 너희는 날 믿지 못하는군. 물론 이해가 안 가는 건 아니야."

시리안은 가볍게 일어나 새카만 거창을 뽑아서 위로 세게 쳐올렸다.

콰앙!

굉음이 울렸고, 마탑이 부서졌다.

순식간에 벌어진 일이었다.

일순간 강윤수를 제외한 모든 일행은 제정신을 차리지 못했다. 바닥이 울린 뒤에는 천장에 작고 균일한 구멍이 뚫려 있었다. 그 작지도 크지도 않은 구멍으로 아주 멀리, 밤하늘이 엿보였다.

"……."

일행의 안색이 새하얘졌다.

창 한 번 휘두른 것이 얼마나 강력했기에 마탑을 꿰뚫고 하늘이 엿보인단 말인가?

가벼운 일격으로 마탑 일 층에서 최상층까지 구멍을 낸 것이다.

헨릭은 기가 질리면서도 어이없어하며 당차게 빈정거렸다.

"……힘자랑하려고 굳이 탑에 구멍까지 낼 필요는 없는 것 같은데."

"이 정도 크기의 훼손은 거신들 시키면 금방 수리하니 걱정 마."

시리안은 거창을 바닥에 쿡 내리꽂고선 불만스러운 표정을 지었다.

"결국은 내가 악덕 상사가 될 수밖에 없는 거군. 술자리에 참여 안 하면 찢어서 죽인다. 무조건 필참해."

이래서야 협박이나 다름없다.

일행은 하는 수 없이 원을 그리고 둘러앉아 술잔을 쥐어 잡았다.

"건배 따윈 생략하지. 아무렇게나 자유롭게 마셔. 부족하면 술독에서 가져오고, 입에만 머금고 몰래 뱉거나 안 마시면 내가 죽일 거고."

시리안은 웃으면서 그렇게 말한 뒤 자기 술잔을 들이켰다.

샤네트가 다급히 속삭였다.

"이젠 어떻게 하죠?"

"뭐, 방법이 있냐. 마셔야지."

"어째선지 내 눈에 헨릭은 그렇게 싫지 않은 것처럼 보인단다."

헨릭이 턱을 긁적였다.

"티 나냐? 하여튼 강윤수 저놈이 자기부터 마시는 걸로 봐선 그냥 마셔도 별 탈은 없을 것 같다."

일행은 술잔에 담긴 영원주를 아주 조심스레 삼켰다.

"흐음……."

"향기롭단다……."

영원주는 맑은 생김새처럼 깔끔하고 무섭도록 향기로운 술이었다. 쓰디쓴 맛은 결코 진하진 않으나 옅지도 않았고 뒷맛이 개운했다. 독은 없었는지 신체에 딱히 이상이 느껴지지도 않았다. 얼어붙었던 분위기가 향기롭게 녹아들고 몸 한구석이 따뜻해졌다.

샐리는 발개진 볼로 술잔을 양손에 쥐고서 조금씩 홀짝거렸다.

"원래 샐리는 술이 싫었어. 딸꾹! 하지만 이젠 좋아지려고 해."

"멍청아! 많이 마시기만 해봐. 취했다간 싸우다가 너부터 죽는다."

"흥. 아클은 바보야. 샐리가 그것도 생각 못 할 줄 알아?"

화이트는 내려놓은 술잔의 냄새를 맡다가 걸신들린 듯 핥아먹었다.

"샤미아로크. 아키라메쿤."

뤽은 술잔을 흔들며 영원주를 약간씩 맛봤다.

"향기로운 술이야. 헨릭의 생혈을 더하면 훨씬 맛좋을 텐데."

"좋은 술이란 건 동의한다만, 내 피를 더한다는 발상은 대체 뭐냐?"

헨릭이 황당해했다.

싱그러운 향기가 퍼지는 술판에서 꼬마 리치만은 급격히 우울해졌다.

"해골은 어째서 향기를 맡을 수 없는가."

샤프는 술잔을 들고 라이트에게 조심스레 다가갔다.

"저, 저. 라이트……."

"할 말이 있으면 분명하게 해줘."

라이트의 말은 이전보다 평이했지만 그렇다고 아주 차갑진 않았다.

그래서 샤프는 용기를 짜냈다.

"나, 나는 라이트에게 사과하려고 해. 평소에 라이트한테 불만을 가졌던 건 사실이야. 하지만 발검 상태가 돼서 성격이 바뀌었을 땐 내가 너무 심했어. 라이트한테 그런 말을 했던 과거는 바꿀 수 없지만, 그래도 정말 미안해. 사과하고 싶어."

샤프는 말을 끝마치고서 자신이 어눌한 말투를 잠깐이나마 극복했단 것에 놀라서 눈을 크게 떴다.

"샤프."

라이트가 다가와 샤프의 한 손을 붙잡았다.

샤프는 움칫하면서 놀랐으나 그 손을 뿌리치지 않았다.

라이트는 천천히 말했다.

"용서해 줄게. 그러니까……."

소녀의 얼굴에 점차 옅은 미소가 그려졌다.

"그러니까 다신 그러지 마! 샤프가 날 쏘아붙였을 때 나는…… 나는…… 엄청나게 슬펐단 말이야!"

샤프도 환하게 웃었다.

"미안해, 라이트……."

라이트는 샤프를 꼭 껴안았다.

"샤프, 난 네가 좋아. 친구가 많을 필요는 없어. 진정한 친구. 나는 너만 있다면 만족할 수 있어."

한편 시리안은 그 광경을 보고 술잔을 기울이면서 중얼거렸다.

"보기 좋은 화해야. 내게도 저런 기회가 주어지면 좋을 텐데 말이지."

시리안은 악당이나 영웅보단 순진한 시골 청년의 인상에 가까웠다. 처음 보는 사람이라면 저 밝고 장난스러운 청년이 만물의 왕이란 칭호가 붙은 전설적인 영웅이란 것에 충분히 놀라고도 남을 것이다.

그가 고대영웅들을 배신한 악한이란 것도 인상만으론 믿기 어려웠다.

"시리안은 정말 만물의 왕이니?"

과하진 않으나 아주 약간 취기가 오른 아이리스가 다가왔다.

순간 일행의 시선이 모두 두 사람에게로 쏠렸다.

샤네트의 안색이 새파래졌다.

"언니!"

아무리 인상이 예상과 다르다곤 해도 시리안은 죽여야 할 적이었다. 그리고 시리안 역시 마찬가지로 그들을 죽일 작정이라고 말했다. 그러나 시리안은 자신에게 다가온 그녀를 향해 부드럽게 미소 지었다.

"과거엔 그 거추장스러운 칭호가 내 어깨를 짓누를 때도 있었지."

"정말이니? 그럼 내 비밀을 하나 맞춰보렴."

"흐음. 좋아. 대신 내가 맞추면 아가씨는 한 잔을 더 마셔야 해."

"좋단다. 그럼 틀릴 경우에는 시리안이 술을 한 잔 더 마시렴."

"난 술내기는 항상 이겨왔지."

시리안은 손가락을 까닥이면서 아이리스를 차분히 바라

봤다.
“아가씨는 몰래 일기를 써왔어.”
아이리스는 당황해 버렸다.
그가 비밀을 말하더라도 그녀 자신이 도플갱어란 것을 말할 것이라 예상했던 것이다.
그녀는 짐짓 모른 체를 했다.
“어머. 그게 무슨 말이니?”
“지금도 품에 일기를 숨기고 있군? 매일 동료들 눈을 피해 조금씩 쓰고 있지. 그리고 최근 나날이 느는 자신의 필력에 만족하고 있어.”
그러자 헨릭이 곧장 반박했다.
“그게 무슨 비밀이냐? 저 녀석이 일기 쓰는 걸 누가 몰라?”
아이리스는 화들짝 놀랐다.
그녀의 얼굴이 금방 새빨개졌다.
“헨릭은 어떻게 내가 몰래 일기를 쓴단 사실을 알고 있었느냐?”
“세상에 그걸 모르는 놈도 있냐?”
샐리가 손을 번쩍 들었다.
“샐리도 예전에 언니가 몰래 필기장에 글 쓰는 거 본 적 있어!”
“응? 나도 알고 있었는데.”
아클에 이어서 다른 정령들, 샤네트, 강윤수가 손을 들었고 심지어 화이트까지 앞발을 들어 올렸다.
결국 꼬마 리치는 충격을 받았다.

"나만 모르고 있었다."
"맙소사……."
아이리스는 달아오른 얼굴로 술 한 잔을 더 마신 뒤 화제를 돌렸다.
"시리안은 내가 몰래 일기를 쓴단 사실을 어떻게 알았느냐?"
"글쎄. 내가 원래 다른 사람 관찰하는 능력이 뛰어난 편이라서."
시리안은 웃으며 어물쩍 대답을 회피했다.
술판은 무르익어갔다.
일행은 아주 조금씩만 술을 마셔 별로 취하는 기미가 없었다.
애당초 술의 도수가 그리 높지도 않았다.
가장 술을 적게 마시고 경계심을 세운 샤네트가 속삭였다.
"지금 이 자리에서 시리안을 기습하는 건 어떨까요?"
"아서라, 인마. 함부로 나서다 개죽음당하고 싶냐?"
"……하긴 그것도 그러네요."
술자리에서 방심한 시리안을 기습하는 방법도 있었다.
그러나 막강한 힘을 보여줬던 시리안에게 무작정 덤빌 순 없었다.
오히려 역습을 당해 목숨을 잃을 수도 있었다.
어느새 시리안은 강윤수의 앞에 앉아 있었다.
"같이 한 잔 나눠도 되겠어?"
"어."
시리안은 옅은 미소를 지었고 강윤수는 변함없이 무표정

했다.
두 남자는 술잔을 나눴다.
"지금 밖의 계절은 어때?"
"초겨울."
"첫눈은 내렸나?"
"아니."
"그럼 곧 내리겠군. 눈을 못 본 지 대체 얼마나 오래되었는지."
평범한 대화였다.
시리안이 문득 낮게 물었다.
"마황을 죽일 수 있다고 믿나?"
술잔을 쥔 강윤수의 손아귀에 힘이 들어갔다.
"어."
"넌 못 한다. 그건 이미 정해져 있는 미래야."
시리안은 술을 들이켰다.
"우린 너무 오래 살았지. 그래서 미쳐 버렸어. 죽을 때는 정했어?"
"아니."
"곧 정하게 될 거다. 운명대로."
강윤수는 시리안의 의미심장한 말을 이해할 수 없었다.
"너의 목적은 뭐지?"
"마황에 의한 대륙의 멸망."
"그건 뤼미에르에게서 이미 들었다. 동기를 설명해."
시리안은 그저 미소만 띠었다.
강윤수가 낮게 말했다.

"넌 만날 때마다 내가 회귀한 것을 알고 있었지."
시리안은 빙그레 웃었다.
"그 이유도 알고 있어?"
"아니."
강윤수는 그를 바라봤다.
"시리안, 너는 어느 삶에서도 내 회귀에 관해 설명하지 않았다."
항상 그래왔다.
만물의 왕 시리안은 언제나 강윤수의 회귀에 관해 알고 있었다.
그러나 그 이유는 불명이었다.
시리안은 무서울 정도로 많은 것을 알았지만 그 지식을 어떻게 알게 되었는지는 강윤수도 알지 못했다.
시리안은 천천히 입을 열었다.
"내가 왜 마황을 불러와서 대륙을 멸망시키려 하는지 궁금해?"
"어."
"이 세상만이 세상의 전부가 아니야. 강윤수."
강윤수는 그의 말에 집중했다.
일행 모두가 숨을 죽였다.
시리안은 차분히 말했다.
"세상은 수없이 많아. 실피아 대륙뿐만 아니라 너와 같은 여행자들이 살던 세상도 포함해서 말이야."
그 말을 듣는 순간 강윤수는 언젠가 꾸었던 꿈이 생각났다.

끝없이 올라가 많은 세상을 보았고 마침내 모든 것의 끝에 닿았다.

그러나 그것은 꿈에 불과했다.

……아니, 불과하다고만 생각했다.

시리안이 그를 향해 말했다.

"그런데 그 모든 세상이 강윤수 너 때문에 무너지려 하고 있다."

"그게 무슨 소리지?"

강윤수가 눈살을 찌푸렸다.

자기 자신 때문에 모든 세상이 무너지려 한다고?

"여기서 이야기하긴 그렇군. 위로 올라가서 직접 보여주지."

시리안은 남은 술을 입에 털어 넣고 자리에서 일어났다.

그들은 마탑을 올라갔다.

시리안이 직접 내려오며 시련을 처리했기에 장애가 되는 건 없었다.

마탑은 층마다 환경이 바뀌었다. 누런 밀밭이나 피투성이 성채도 보였고 널따란 강변도 거쳐 왔다. 각층엔 시리안이 죽여 버린 몬스터들의 사체가 즐비해 있었다. 10층을 주기로 술, 난로, 물약, 침대 따위가 나열된 휴식처도 있었다.

그렇게 마탑 50층에 도달했다.

마탑의 정중앙.

시리안은 마침내 멈춰 섰다.

얼핏 보기엔 장식, 몬스터, 아무것도 없는 공허한 층이었다. 그러나 시리안이 무어라 중얼거리며 손뼉을 치자 환경이 변화했다. 어두웠던 주변을 반딧불처럼 영롱한 빛 방울이 솟아올라 채워냈다. 푸른 빛줄기가 한데 모여 그들 눈앞에 동그란 구체를 형성했다. 각양각색의 구체들은 하나둘씩 쉴 새 없이 늘어나더니 아주 많아졌다.

시리안이 말했다.

"이게 세상의 전부야."

강윤수는 눈앞의 형상물을 주시했다.

그것은 우주(宇宙)였다.

조그만 구체마다 세계가 녹아들어 있었고 확연히 볼 수 있었다.

강윤수는 수많은 세계를 보았다.

실피아 대륙과 비슷한 중세시대도 있었고, 그가 원래 살았던 지구와 닮은 세상들도 존재했다.

굉장히 유별난 세상도 보였다.

변종 좀비들이 저항군을 조직해 인간 세력에 저항하는 세상.

사람들 전부가 불사(不死)이자 생명을 등한시하는 세상.

단 한 사람만을 제외하고선 모든 시간이 멈춰 버린 세상.

인간이 아닌 생명체들이 사는 세상이나 이미 멸망해 버려 쑥대밭이 되어버린 세상도 한눈에 엿보였다.

아이리스가 놀라서 입을 벌렸다.

"맙소사."

다른 사람들의 표정도 별반 다르지 않았다.

"저희가 살아온 대륙이…… 좁다는 생각은 처음 들었어요."

"거참. 보고도 믿기가 힘들구만."

"그저 세상만 관찰할 수 있는 게 아니야. 좀 더 자세히 봐보라고."

시리안이 손가락을 튕겼다. 그러자 수많은 구체 중에서 하나의 세상을 확대해 볼 수 있었다.

우주는 점차 확대되어 한 명의 인물을 볼 수 있게 되었다.

왕좌에 앉은 여자가 가지각색의 칼에 찔려서 피투성이가 되었다.

그러나 여자는 태연히 몸에 박힌 칼을 빼내 쥐어 자기 피를 핥았다.

"한 자루 더. 고작 이 정도야?"

시리안은 손가락을 튕겼다.

그러자 인물의 시점이 바뀌었다.

낡은 로브를 눌러쓴 인물이 골방에서 살던 남자를 칼로 죽였다.

살해자는 로브를 벗었고, 놀랍게도 죽은 남자와 얼굴이 같았다.

"이곳에 사는 나는 정말 어지간히도 한심했군. 빈자리는 걱정 마. 내가 너의 자리를 대신해 줄 테니까."

시리안은 손뼉을 쳤다.

그러자 시점이 여러 세상을 볼 수 있게끔 되돌아왔다.

"마탑의 관찰 기능이지. 하지만 다른 세상에 가거나 간섭할 순 없어."

강윤수는 이런 광경을 처음 봤다.

실피아 대륙 외의 여러 세상, 수많은 사람.

이렇게 수많은 세상이 자신 하나에 의해서 무너지려 하고 있다고?

그러나 도리어 의구심이 들었다.

"왜 일천 번째 삶에 와서야 내게 이런 광경을 보여주는 거지?"

"이전 삶까진 그래도 괜찮았거든. 하지만 이번 삶부터 너 때문에 모든 세상이 위험해질 거야."

"상세히 설명해."

강윤수는 그에게 칼을 겨눴다.

"좋아. 네 마지막 삶이니 말이야."

시리안은 창으로 바닥을 찔렀다.

"과거, 난 고대영웅의 지도자로서 가장 골치 아픈 직업으로 전직했어. 만물의 왕! 이름은 멋져도 실상은 슬퍼. 만물의 왕은 자기 세상의 운명을 볼 수 있거든. 그래서 나는 일찍 이 세상의 운명을 알게 됐지."

창이 바닥에 가는 금을 그었다.

"실피아 대륙은 마황에 의해 멸망해야 할 운명이었어. 물론 나는 코웃음을 쳤지. 스스로에게 물었어. 정해진 운명을 꼭 따라야만 하는가? 난 무조건 아니라며 고개를 저었지. 내가 미쳤어? 사랑하는 사람들과 대륙이 파멸하는 꼴을 손 놓고 보라고?"

바닥에 그어지는 금이 깊어졌다.

"그런데 막상 대륙의 운명을 거부하려 하자 그 이후에 벌어질 일이 내 머릿속에 들어왔어. 마황이 대륙을 멸망시키지 못하면 벌어질 일들이 말이야. 그럼 이 세상은 지켜도 다른 세상이 모두 멸망해 버리더군."

창은 바닥의 사방을 휘저었다.

"나는 백 일, 천 일, 만 일을 괴로워했어. 내 세상을 지키더라도 그 외의 세상들은 모조리 멸망할 테니 복장 터질 노릇이었지. 또 스스로에게 말했어. 내 세상이 중요한 것 아니야? 내 사람들만 지키고 다른 세상 놈들 따윈 죽든 말든 상관없잖아? 어렵게 생각할 것 없어. 그냥 내게 소중한 것만 지켜내란 말이다!"

창이 잠깐 멈춰서 떨렸다.

그러나 곧 다시금 움직였다.

"그래. 그랬지. 난 이 실피아 대륙을 너무나 사랑했어. 내 사람들을 나 자신보다 아끼고 보살피고, 모든 걸 지켜내는 왕이 되고 싶었어. 하지만 말이야. 만물의 왕의 직업특성은 참 고달파. 이 세상이 운명을 거부하면 파멸하게 될 다른 세상들을 머릿속에 직접 보여주더군."

창은 수평으로 내뻗는다.

"맙소사. 다른 세상에도 나 같은 얼간이들이 많더라고. 자기 세상을 아끼고 목숨을 바쳐서라도 지키고 싶어 하는 머저리들 말이야. 내가 감히 그들의 세상을 빼앗을 자격이 있을까? 내 세상만을 살리자고 그들 모두를 죽여도 되는 걸까? 저들도 나와 같은 포부를 가진 왕인데?"

창이 수직으로 내리그어졌다.

"……결국 나는 원론적인 결론을 내렸지. 더욱 많은 사람을 살리기로."

바닥을 구르던 돌멩이가 창끝에 스쳐 깔끔하게 바스러졌다.

"나는 정해진 운명에 따라 충실히 움직였어. 여정을 떠났지만 뒷공작을 일삼았지. 동료들도 배신했어. 그들에겐 내 계획을 말하지 않았지. 그들이라면 날 막아설 테니까. 미네르바를 내 손으로 죽일 땐 일부러 웃었어. 그녀 앞에서 울면 내 본심이 전부 드러날 것만 같았거든."

창이 구불구불 바닥을 헤집었다.

"나는 마탑을 재건했어. 마탑 내부에선 내 수명이 줄지 않았고 다른 세상도 관찰할 수 있었지. 마탑 꼭대기에는 판데모니엄의 문이 있고 거기서 마황이 강림할 거야. 시간이 흘러 마황이 오면 대륙은 순조롭게 운명을 따를 예정이었어. 그런데 어느 날, 정해진 운명을 거스르는 녀석이 나타났지."

창을 들어 올려 바닥에 찍었다.

구멍이 푹 팼다.

"처음엔 나도 몰랐어. 그런데 어느 샌가부터 이 세상의 운명이 뒤틀리고 있단 것을 알게 됐지. 다른 세상의 사람들이 실피아 대륙으로 이전되기 시작한 거야. 그리고 내게 마황에게 죽임을 당하며 정해진 운명을 거스르는 남자가 보이기 시작했어. 바로 강윤수. 너 말이야."

푹. 푹. 푹. 푹. 푹. 푹. 푹. 푹.

창날이 바닥을 계속 찔렀다.

"설마 마황이 일개 인간에게 관심을 보일 줄은 상상도 못 했지. 너는 마황의 눈에 들어 삶을 계속 반복했어. 물론 나는 회귀하지 않았지만, 만물의 왕이었기에 회귀를 하면서 운명에 맞서는 널 볼 수 있었어."

창은 이어진 점 주변을 따라 긴 선을 그렸다.

"처음엔 괜찮았어. 네가 회귀하더라도 다른 세상에 영향은 없었지. 난 기뻤어. 넌 운명을 거스르고도 다른 세상에 영향을 끼치지 않았으니까. 심지어 네가 정말 마황을 죽여서 세상을 구원하리란 희망까지 가졌었지. 그래서 네게 일부러 세상의 운명을 가르쳐주지 않았어. 오히려 네 양분이 되어서 기꺼이 죽었지."

바닥에 그어진 실금이 사방으로 이어졌다.

"그러나 내 착각이었어. 넌 언제나 마황을 죽이는 데 실패했지. 그리고 회귀가 계속되면서 악영향이 나타났어. 네가 삶을 반복할수록 정해져 있던 운명이 서서히 깨지기 시작한 거야."

창이 멈췄다.

"그리고 지금 일천 번째 삶에 이르러서 너의 기회는 끝났어. 네가 더 회귀하거나 대륙이 멸망하지 않으면 다른 세상이 무너지게 될 거야."

시리안은 창을 거뒀다.

오래된 바닥에는 실피아 대륙이 그려져 있었다.

산맥과 생명이 울창하고 해안선을 따라 조그만 섬이 펼쳐진 세상.

만물의 왕은 창을 놓고 손바닥을 내려서 대륙을 매만졌다.

"이 세상이 운명을 거부할 시 모든 세상은 이렇게 돼."

그가 바닥을 두드렸다.

그러자 눈앞의 있던 구체들이 파르르 떨리기 시작했다.

쨍그랑-!

온 세상이 멸망을 맞이한다.

그와 동시에 그곳에 사는 사람들의 최후까지 엿볼 수 있었다.

세상의 멸망하기 직전에 사람들은 두려움에 질려 고통에 울부짖었다. 연인과 가족을 끌어안고 눈앞의 죽음에 저항하며 멸망을 저주한다.

저들도 자신들과 같았다.

시리안이 손가락을 튕기자 구체들이 다시 원상태로 돌아왔다.

지금은 그저 모의상황이었으나 이 세상이 멸망하지 않으면 다른 세상들은 끔찍하게 파멸하고 말리라.

시리안은 말을 이어갔다.

"그래서 난 동업자를 만들고 세상의 규칙을 깨서 네 일천 번째 삶을 마지막으로 만들었어. 하지만 너는 내가 만든 난관을 끝없이 극복했지. 멸망룡의 변심, 신살검까지도. 넌 결국 그렇게 여기까지 온 거다."

시리안의 설명이 끝났다.

침묵이 맴돌았다.

샤네트가 무겁게 입을 열었다.

"당신은…… 악역을 자처했군요."

시리안은 힘없이 미소 지었다.

"제발 그렇게 거추장스러운 합리화는 하지 마. 사람들은 날 위인으로 보지만 난 영웅이 아니거든."

그는 관자놀이를 검지로 찔렀다.

과거 동료를 배신한 죄책감과 다른 세상을 지켜야 한다는 사명감이 시리안을 미치게 하는 것 같았다.

"나는 동료들을 배신해서 죽였고 세상까지 멸망시킬 거다. 너흰 날 미워하고 증오해야 해. 날 죽여도 양심의 가책 따윈 느끼지 말아야 해. 날 없애는 것만이 정의여야만 해."

헨릭이 굳은 얼굴로 물었다.

"우리가 어째서 말이냐?"

"난 악역이니까."

시리안은 웃고 있었다.

그러나 그의 낯빛은 슬퍼 보였다.

"그러니 난, 강윤수 널 막으며 이렇게 말할 수밖에 없어."

그가 낮게 말했다.

"포기해라."

만물의 왕이 창대를 거머쥐었다.

"난 네가 회귀하는 것을 보며 여기까지 오는 경로를 계산했다. 그러나 신의 힘을 손에 넣은 계기까진 모르겠군. 네가 하늘로 올라간 것까진 볼 수 없었으니까. 하지만 전지전능한 신력은 아니야. 그렇지?"

시리안의 창이 그를 겨누었다.

"그러니 포기해라. 너의 존재 자체가 운명을 거스르고 있어. 포기하지 않겠다면 난 기필코 널 죽이겠다. 이 세상을 멸망시키기 위해."

모두가 강윤수를 바라봤다.

그는 생각하고 또 생각했다.

오랜 시간이 지났을 때 드디어 그가 시리안을 바라보며 입을 열었다.

"시리안, 네 말에서 한 가지 이해가 가지 않는 것이 있다."

"뭐가 말이야?"

"세상의 규칙을 어떻게 깼지?"

시리안은 말했다.

세상의 규칙을 깨버렸다고.

그것에 의해 강윤수의 삶은 마지막이 되었고 마황은 일찍 나타난다.

시리안이 입을 열려던 찰나였다.

"그건 내가 설명하겠소."

모두가 고개를 돌렸다.

언제부터 있었던 것일까.

저편에서 한 남자가 걸어왔다.

뤼미에르 키잔.

황실 연금술사였다.

강윤수가 곧장 칼을 세웠다.

"당신이 어떻게 여기에 왔지?"

"그를 불러온 건 내 권한이야."

시리안이 중재했다.

뤼미에르가 다가와 말했다.

"세상의 규칙이 깨진 이유는 이 세상엔 있어선 안 될 존재를 대륙으로 데려왔기 때문이오."

연금술사가 일행을 가리켰다.

"그리고 이 세상에 '없어야 할 자'는 당신들 중에 있소."

6장
없어야 할 자

강윤수는 물론이고 모두의 눈동자가 경악으로 번져갔다.

이 세상에서 '없어야 할 자.'

실피아가 죽여 달라 의뢰했던 그 존재가 다름 아닌 일행에 있었다고?

강윤수는 저도 모르게 일행을 돌아봤다가 뤼미에르를 노려봤다.

"그게 누구지?"

"혹 내가 말해주면 그 사람을 죽일 작정이오? 당신 일행이라도?"

뤼미에르가 비수를 날렸으나 강윤수는 차갑게 칼을 겨눴다.

"말하지 않겠다면 널 죽이겠다."

뤼미에르는 그 협박을 무시했다.

그가 시리안에게 속삭였다.
"당장 '그 존재'를 회수해야겠소."
"동업자가 도움이 필요하다면야."
시리안이 창을 일행에게 겨눴다.
강윤수는 곧장 뛰쳐나갔다.
거창이 가볍게 내뻗쳤고 칼이 허공을 가르며 힘차게 휘둘러졌다.

카가강-!

힘이 부딪쳐 풍압이 휘몰아쳤다.
두 남자의 짧지만 굵었던 격돌이 힘의 차이를 여실히 보여줬다.
시리안의 가벼운 일격에 강윤수는 나가떨어지고 말았다.
"카르르릉-!"
화이트가 바람처럼 질주해 날아가던 강윤수를 받아냈다.
어찌나 힘이 강했는지 그를 받은 화이트의 등이 부러질 듯 흔들렸다.
"강윤수 님!"
샤네트의 사슬낫에 불이 붙었다.
아클도 얼굴을 구겼다.
"망할 녀석!"
일행이 달려들어 왔다.
뤼미에르가 눈살을 찌푸렸다.

"대상이 다치지 않도록 하시오."

"그런 힘 조절은 눈감고도 해."

시리안이 창을 낮게 휘둘렀다.

거센 바람이 일어났고 일행을 사방으로 날려 버렸다.

단 한 명을 제외하고서.

아이리스는 긴장한 기색이 완연한 눈길로 시리안을 쏘아봤다.

"왜 나만 남겨 두었느냐?"

"아가씨 안에 볼일이 있거든."

시리안이 거창을 던졌다.

쉬이이이이이익—!

날 선 창날이 매서운 파공음을 쏟아내며 허공을 갈랐다.

아이리스가 피할 새도 없이 그녀의 흰 팔뚝에 거창이 박혔다.

"……!"

창은 완벽하게 그녀의 뼈와 살을 꿰뚫어 벽면에 제대로 꽂혔다.

격통과 핏줄기가 흘렀으나 아이리스는 비명 없이 입술만 깨물 뿐이었다.

시리안은 슬픈 미소를 지었다.

"신음 한 번 안 흘리고, 당찬 아가씨야. 세피아도 저랬었는데."

뤼미에르가 그녀에게 다가갔다.

아이리스가 분한 어조로 말했다.

"강윤수가 너흴 죽일 거란다."

"어차피 모두 죽게 될 운명이오. 이 세상이 마황에게 파멸해야만 다른 세상이 무사할 수 있으니까."

뤼미에르는 아이리스의 목에 손가락을 가져가 무어라 중얼거렸다.

그러자 그녀는 곧장 의식을 잃었고 시리안은 창을 뽑았다.

그리고 어느새 다가온 강윤수의 칼을 가뿐히 막아내고 떨쳐냈다.

시리안이 그에게 웃어 보였다.

"죽고 싶어?"

"그녀에게서 떨어져라."

"안 돼. 동업자한테 혼나거든."

강윤수는 그 이상 말하지 않고 칼을 있는 힘껏 휘둘렀다.

시리안은 현란한 칼부림을 눈썹 하나 찌푸리지 않고 모조리 막았다.

거센 바람에 날려졌던 일행도 재빨리 일어나 그들의 싸움에 동참했다. 그러나 시리안의 창 솜씨는 인간 그 이상을 초월한 것처럼 강력했다.

꼬마 리치의 흑마법이나 라이트가 쏟아낸 빛줄기도 거창은 튕겨냈다. 혼자서 이 모든 공격을 막아내는데도 그가 봐주고 있다는 생각이 가시지 않았다.

그렇게 시간이 조금 흐른 뒤였다.

아이리스의 가슴 정중앙에 손을 대고 있던 뤼미에르가 쓰러졌다.

「황실연금술사 뤼미에르가 도플갱어의 정신세계에 침입했습니다!
정신세계에 누군가 있으면 도플갱어는 의식을 되찾을 수 없습니다.
*이 문구는 도플갱어가 마음을 연 사람에게만 보입니다.」

일행 전원이 문구를 확인했다.

시리안은 쓰러진 뤼미에르를 한쪽 어깨 위로 들쳐 멨다.

헨릭은 그 순간을 놓치지 않았다.

마나의 실이 뻗어 나가 의식을 잃은 아이리스를 휘감아 데려왔다.

그가 다급히 물었다.

"이놈 괜찮은 거냐?"

"봐야 알아."

강윤수는 아이리스를 살폈다.

상의는 벗겨졌고 의식은 없었다.

창에 꿰뚫린 팔뚝엔 급한 대로 붕대를 휘감아 출혈을 막았다.

'뤼미에르가 아이리스의 정신세계에 침투했다.'

정신세계.

예전에 고대영웅 미네르바가 그의 정신세계에 들어온 경험이 있었다. 그러나 정신세계에 관해선 강윤수도 별다른 지식이 없었다.

시리안이 창을 바닥에 찍었다.

"깨우려 해도 소용없어. 뤼미에르가 나올 때까지 그녀는 계속 기절해 있을 거야."

화이트가 곧장 으르렁거렸다.

"우르노크라-!"

그가 눈썹을 찡그렸다.

"저 웨어울프는 말버릇이 영 별로군. 하는 말의 과반수가 욕이잖아."

한편 강윤수는 생각을 거듭했다.

'뤼미에르는 그녀 안의 존재에게 볼일이 있는 것이 분명하다.'

일천 번째 삶에 생긴 변수.

그의 회귀에 관해 알고 있는 수수께끼의 존재.

흰 그림자.

'직접 가서 확인해 보는 수밖에.'

강윤수에게도 타인의 정신세계에 침투하는 능력을 가지고 있었다.

바로 혜안의 권능.

신살검을 파괴하며 정신세계에 침투하는 능력은 월등해진 참이었다.

샤네트는 시리안을 경계하면서 아이리스를 걱정스러운 눈초리로 봤다.

"강윤수 님, 이제 어떻게 하죠?"

"난 기절할 거야."

늘 그래왔지만 전혀 예상치 못한 대답에 샤네트가 눈썹을 올렸다.

"네?"

"나랑 아이리스가 의식을 잃고 있는 동안 시리안에게서 지켜줘."

그는 뤼미에르가 그랬듯 아이리스의 가슴 정중앙에 손가락을 댔다.

두근거리는 심장 소리가 들려왔다.

머릿속에 저절로 무엇을 해야 하는지 읽혀 들어왔다.

그는 그녀의 의식을 한 꺼풀씩 걷으며 안으로 비집고 들어갔다. 그러자 주위가 희미해지고 의식이 옅어지며 세상은 바뀌기 시작했다.

강윤수는 아이리스의 정신세계 속으로 침투했다.

처음에 코끝을 스친 것은 달콤한 설탕 향기였다.

강윤수는 눈을 떴다.

온화한 햇살이 가득하고 저편에 온갖 파이가 산처럼 쌓여 있었다.

그는 광활한 정원 위에 서 있었다.

'이곳이 아이리스의 정신세계군.'

주위는 넓은 평지였고 뤼미에르는 어디에도 보이지 않았다.

강윤수는 걷기 시작했다.

아이리스의 정신세계는 밝고 산뜻한 공간이었다.

설탕 향기뿐만 아니라 싱그러운 꽃향기가 정원에 맴돌았다.

아름다운 비눗방울도 가득했다.

계속 걸어가니 그녀의 이상, 공포, 슬픔이 스쳐 가기 시작했다. 그를 지나쳐 가는 비눗방울들에 그녀의 상념이 들어차 있었다.

강윤수는 비눗방울을 흘깃 봤다.

'실험체로 있을 때의 아이리스군.'

단칸방 같은 실험실에 구속당한 아이리스가 겁에 질려 울고 있었다.

그래서인지 비눗방울의 빛깔이 아주 탁했다.

그녀의 안에 내재된 공포를 뜻하는 것이리라.

'기쁨과 슬픔.'

따끈한 심장과 파이를 먹는 아이리스와 백설이라 이름 붙인 백마의 시체를 묻어주는 그녀가 스쳐 갔다.

'분노와 희망.'

멸망룡의 발톱에 몸이 부서지는 샤네트와 동료들과 함께 대륙을 여행하는 그녀가 보였다.

'그리고 저건…… 이상이겠군.'

아주 비밀스러운 감정인지 비눗방울이 느리게 날고 활동 반경도 좁았다.

가장 환한 빛깔의 비눗방울.

흰 드레스를 입은 아이리스가 환한 금발을 틀어 올리고 익숙한 중년의 품 안에 다소곳이 기대고 있었다.

그런데 갑자기 비눗방울이 터졌다.

어느새 꽃향기가 사라졌다.

저 너머 춥고 싸늘한 그늘에 덮여있는 한 남자가 보였다.

"당신이 날 따라올 줄은 몰랐소."

뤼미에르였다.

그가 서 있는 주변의 풀들을 축 늘어지고 말라비틀어져 있었다.

"보다시피 이렇더군."

뤼미에르가 손을 휘저었다.

그러자 그의 손아귀를 스쳐 지나가는 꽃들은 모조리 시들어버렸다.

"아이리스의 정신세계가 널 적으로 간주했군."

"오히려 고맙소. 난 꽃을 싫어하니까."

강윤수는 칼을 뽑았다.

그리고 의심해 온 것을 물었다.

"아이리스 안에 있는 존재, 흰 그림자가 '없어야 할 자'인가?"

"흰 그림자? 그를 흥미롭게 부르는군. 흰 그림자는 세상에 존재할 수 없지. 어울리는 명칭이오."

뤼미에르를 감싼 그늘이 변했다.

소름 끼치는 어둠이 구체적으로 형상화돼 회전하는 톱날로 변했다.

강윤수는 곧장 칼을 내세웠다.

챙-!

거친 톱날이 그에게 매서운 속도로 날아들자 칼로 흘려서 쳐냈다.

하나에서 끝나는 것이 아니었다.

뤼미에르의 발밑에서 수십 개의 검은 톱날이 올라오기 시작했다.

"현실에서의 당신은 강하오. 그러나 정신세계에선 다를 테지."

수십 개의 톱날이 날아들었다.

콰지지직-!

강윤수는 민첩히 움직여 톱날을 피하고 쳐냈지만 결국 몸에 맞았다.

날카로운 날이 온몸을 후벼 팠다.

몸이 아니라 정신이 파괴되는 격통에 머리가 찢어질 것만 같았다. 강윤수는 관자놀이를 누르며 뤼미에르의 말을 해석했다.

'현실에서의 싸움과 다르다. 고통도 정신충격으로 다가올 뿐이야.'

이곳은 정신세계였다.

현실의 전투법이 무용지물이었다.

강윤수는 뒤로 물러났다.

그러자 뤼미에르는 공중으로 날아오르며 톱날을 거세게 날려댔다.

강윤수는 심호흡을 하고서 칼을 양손으로 붙잡아 톱날을 튕겨냈다.

그러자 튕겨낸 톱날이 다른 톱날들과 부딪치며 궤도를 무너뜨렸다.

챙–! 챙–! 챙–! 챙–! 챙–! 챙–!

검은 톱날들이 바닥에 떨어졌다.

“뛰어난 칼솜씨요. 현실 전투감각으로 대응할 수 있을 줄은 몰랐군.”

뤼미에르는 솔직히 평가하며 또 다른 톱날들을 만들어냈다.

강윤수는 꽃밭을 헤집고 달리며 생각에 잠겼다.

‘뤼미에르와 나의 입장은 같다.’

그도 자신과 마찬가지로 아이리스의 정신세계에 침투했을 뿐이다.

그런데 그에게만 저런 능력이 주어졌을 리 없다.

강윤수는 처음 온 정신세계였지만 그와의 싸움에서 승리해야 했다.

‘이곳은 정신세계다.’

상념이 비눗방울로 물질화가 되어 나타나듯 추상이 현실이 되는 곳.

강윤수는 정신을 가다듬으며 집중하기 시작했다.

그러자 지면에 디뎠던 두 발이 서서히 하늘로 떠올라 움직였다. 과연 정신을 집중하고 상념을 형상화하면 그것이 실체화된다.

바로 그때였다.

콰지지지직—!

뒤에서 날아든 톱날이 강윤수의 등을 사정없이 찢겨내고 관통했다.

사념의 피가 사방으로 흩뿌려지며 꽃잎을 붉게 물들였다.

머리가 가루가 되는 것 같았다.

강윤수는 꽃밭에 추락했고 뤼미에르가 어둠과 함께 다가왔다.

"당신은 여기서 사라져야겠소. '그 존재'가 반기지 않을 테니."

어지럽고 구토할 것만 같았다.

조금만 더 톱날에 베였다간 정신이 무너져 죽고 말 것이다.

강윤수는 거친 숨을 쉬며 일어났다.

"정신세계는 상념이 실체화되는 곳이었군. 너는 상념을 다루는 데 익숙해서 이곳에서의 싸움에 능숙하다."

"말로 시간을 끌지 마시오."

뤼미에르는 무자비하게 거칠게 회전하는 검은 톱날을 떠올렸다.

강윤수는 지그시 눈을 감았다.

이변이 벌어진 것은 그때였다.

"……!"

뤄미에르를 감싸고 있던 어둠이 갑자기 강윤수 쪽으로 몰려갔다.

검은 톱날마저 어둠에 휘말려 강윤수의 뒤편으로 삼켜지고 말았다.

강윤수의 뒤편에 몰려 버린 어둠은 뤄미에르를 지킬 때보다 훨씬 더 어둡고 탁하며 소름이 끼쳤다.

뤄미에르는 표정으로 드러내지 않았지만 속으로 경악심을 느꼈다.

"무슨 짓을…… 벌인 것이오?"

어둠에 휩싸인 강윤수가 말했다.

"네가 그랬듯 상념을 형상화하고 있다. 내게 있어 가장 강렬한 상념. 이 행위는 익숙하지 않지만 내가 수백 번 경험했던 기억이라 쉽군."

강윤수의 뒤편에서 어둠이 그림자처럼 일렁이더니 산처럼 커졌다. 꽃밭의 모든 꽃이 시들고 비눗방울은 터졌으며 대지가 흔들렸다. 햇살이 사라지며 모든 것이 지독한 어둠에 잠겨버렸다. 뤄미에르는 등골에 식은땀이 흐르는 것을 느꼈다.

강윤수 뒤편에서 어둠이 형상화되어 끔찍한 모습으로 일어났다.

길고 가느다란 7개의 눈동자가 뤄미에르를 내려다봤다.

뤼미에르는 발바닥이 그 자리에 붙어버린 것처럼 굳어버렸다.

'저건……도대체……?'

어둠에 휩싸여 형체를 제대로 볼 수 없었으나 공포는 분명 전해졌다.

그저 저것 앞에 서 있는 것만으로도 벅차다고 느껴질 수준이었다.

세상 무엇도 저것 앞에선 꼼짝없이 무너지고 압도되리라 느껴졌다.

경악과 두려움을 넘어선 이형의 존재가 커다란 손을 들어 올렸다.

그는 감히 반항할 의지조차 들지 않았다.

'저것'은 범접할 수 없는 존재.

한 번의 손놀림이 세상을 뒤흔들며 그를 포함해 꽃밭을 쓸어버렸다.

강윤수는 상념을 잠재웠다.

햇살이 내리쬐며 꽃들이 무사히 개화했고 비눗방울이 날아다녔다.

뤼미에르는 온몸이 피투성이로 변해 하체가 가루로 변해가고 있었다.

정신적 죽음이 다가오는 것이다.

"그것은…… 대체 뭐였소?"

강윤수는 짧게 대답했다.

"마황."

"저런 존재와…… 수백 번이나 맞섰다니. 맙소사. 당신에게 경외심이…… 들지만 한편으론 우습소. 그런 걸…… 쿨럭! 진심으로 싸워서 죽이려 들다니."

강윤수는 칼을 뽑아 겨눴다.

"말해. '없어야 할 자'가 누구지?"

뤼미에르는 갈라지는 목소리로 입을 열었다.

그러나 흘러나온 말은 전혀 예상치 못한 대답이었다.

"강윤수……. 혹시 또 다른 자신을 보거나…… 생각할 때 정신적 충격이나 경련이 오지 않았소?"

강윤수의 눈이 커졌다.

시련에서 영혼체를 죽일 때나 자신의 분신을 보았을 때 그는 심각한 경련과 현기증을 느꼈었다.

뤼미에르는 이어서 말했다.

"그럴 수밖에. 이 세상에는…… 당신과 같은 존재가 존재하오."

자신과 같은 존재.

설마 뤼미에르에게서 그 말이 나올 줄은 몰랐다.

강윤수는 혹시나 하며 물었다.

"마황이 나와 같은 존재인가?"

해괴한 가설이지만 가능성이 아주 없다고 생각하진 않았다.

수없이 회귀한 자신과 같은, 2만 년의 기억을 갖춘 존재.

하지만 뤼미에르는 고개를 저었다.

"흥미로운 추리지만…… 틀렸소."

뤼미에르는 숨을 삼켰다 말했다.

"……도플갱어 안에 가둬진 영혼. 당신이…… 흰 그림자라 부르던 존재. 그가 바로 없어야 할 자이자…… 당신과 동일한 존재요……."

"흰 그림자가 없어야 할 자이자, 나와 동일한 존재였다고?"

영문을 알 수 없던 세 존재가 모두 동일 인물이었단 말인가?

강윤수는 갈피를 잡을 수 없었다.

뤼미에르는 마지막 힘을 쥐어짜서 커다랗게 소리쳤다.

"그렇소. 이 세상엔 도저히 있을 수 없는 존재, 그리고 당신과 함께 동시대에 있는 것만으로 세상의 규칙을 깨버리는 없어야 할 자!"

칼을 쥔 강윤수의 손이 떨렸다.

뤼미에르가 타오르는 눈빛으로 말했다.

"흰 그림자는 바로 일만 번을 회귀한 강윤수, 당신이오."

강윤수는 할 말을 잃고 말았다.

뤼미에르가 내뱉은 한마디가 그를 당혹스럽게 만들었다.

그는 되뇌었다.

일만 번을 회귀한 강윤수?

흰 그림자이자 '없어야 할 자'가 다름 아닌 자기 자신이었다고?

강윤수는 칼을 굳세게 쥐고 어느 때보다도 격앙된 목소리로 말했다.

"이해할 수 없군. 제대로 설명해라."

"뭐…… 좋소. 어차피 난 곧 죽을 테니."

뤼미에르는 힘겹게 말했다.

"내가 일만 번 회귀한 당신의 영혼을 데려와 도플갱어 안에 가두었소. 그래서 세상의 규칙이…… 쿨럭! 깨지게 됐지……."

"믿기 어렵군. 일만 번 회귀한 내 영혼을 무슨 수로 가져왔단 거지?"

"경계의…… 거울."

강윤수의 눈동자가 좁아졌다.

경계의 거울.

차원을 넘나들 수 있는 아이템.

과거 자신이 원래 살던 세상에 돌아갈 때 제작했던 물건이다.

"경계의 거울은 차원을 넘나들 수 있는 아이템이지만, 제작에 약 20년이 넘게 걸린다."

"그건 당신이 잘못 알고 있소. 신살검처럼 당신조차 모르는 곳에…… 차원술사 세피아가 숨겨 둔 경계의 거울이 있었소. 난 시리안의 명령에 따라 거울을 찾아내 실험실에 가져다뒀고…… 시리안에게서 그것을 어찌 써야 할지 용도를 듣게 됐소."

뤼미에르는 잠시 숨을 헐떡이다 말을 이어갔다.

"경계의 거울을 사용해 차원을 넘나들 기회는…… 단 한 번. 그러나 자신이 다른 차원으로 가는 것 말고도 다른 차원의 존재를 이 세상에 불러오는 것이 가능했소."

"그래서 일만 번 회귀한 나를 데려와 세상의 규칙을 깨버린 건가?"

뤼미에르는 힘겹게 고개를 끄덕였다.

그러나 강윤수는 아직 의문이 풀리지 않았다.

"어째서 일만 번 회귀한 나였지?"

"한 세상에 동일한 인격의 존재가 둘이 되면 '없어야 할 자'가 생기는 거요. 그러면 세상의 규칙이 깨져 회귀가 끝나지. 그래서 난 다른 차원의 당신을 이 세상에 납치하기로 했소."

뤼미에르는 숨을 거칠게 헐떡였다.

그러나 곧바로 말을 이었다.

"하지만 수없이 회귀한 당신은 만만한 상대가 아니었소. 설령 납치에 성공해도 내 손에서 벗어날 확률이 높았지. 그래서 이미 죽어버린 당신의 영혼을 데려왔소. 영혼이라면…… 훨씬 다루기 손쉬우니까."

그다음 말은 더 충격적이었다.

"내가 일만 번째 삶의 당신을 대륙에 데려온 이유는 당신이 일만 번째 삶에서 완전히 죽기 때문이오."

완전한 죽음.

일만 번째 삶에서 더 이상 회귀하지 못하고 죽어버렸다는 의미였다.

강윤수가 그를 노려봤다.

"하지만 네가 그걸 어떻게 알지?"

뤼미에르는 숨을 거칠게 몰아쉬며 기력을 짜냈다.

이제 그의 하체는 거의 사라졌고 상체가 가루로 되어가기 시작했다.

"당신이 제작한 것보다 세피아의 경계의 거울은 기능이 훨씬 우월했소. 난 경계의 거울을 통해 당신이 일천 번 이후로 회귀한 차원을 보았소."

뤼미에르는 숨을 삼켰다 이었다.

"당신은 일천 번째 삶 이후에도 회귀했고 본래 파괴되어야 할 이 세상의 운명을 거슬렀소. 그래서 악영향이 축적돼 다른 세계는 멸망했지. 그러나 당신은 회귀를 이어갔소. 그렇게 일만 번 회귀했을 때…… 당신과 이 세상은 함께 파멸했소."

강윤수는 아무 말이 없었다.

뤼미에르가 희미하게 비웃었다.

"내가 본 당신의 미래는 일만 번째 삶으로 끝이었소. 그 이후론 완전한 죽음이었고 회귀도 없었지."

강윤수가 무겁게 입을 열었다.

"어째서 일만 번째 삶에서 나와 이 세상이 같이 파멸하게 된 거지?"

"당신의 회귀는 세상에 악영향을 미치오. 본래 마황에게 멸망했어야 할 운명을 거스르니 말이오. 당신이 일천 번째 삶 이후로 회귀하면 다른 세계가 멸망하는 이유도…… 악영향이 축적돼서요."

뤼미에르의 동공이 흐려졌다.

시력이 감퇴하는 모양이었다.

“그러나 악영향은 다른 세계뿐 아니라 속도는 느렸으나 우리 세상에도 쌓였소. 당신의 회귀가…… 일만 번째 삶에 닿으면 결론적으로 이 세상은 멸망하오.”

그의 몸뚱이가 가슴까지 가루가 되어 희미해져 갔다.

강윤수가 물었다.

“그게 흰 그림자를 만든 이유인가?”

“그렇소.”

뤼미에르는 미약하지만 고개를 끄덕였다.

“지나친 회귀는 결국 모든 세상을 파멸의 길로…… 이끌었소. 시리안은 그걸 방지하길 바랐고 나 역시 그랬소. 그래서 세상의 규칙을 깨서 당신의 삶을 마지막으로 만들어냈소.”

죽음이 다가온다.

그러나 최후가 가까워져 올수록 뤼미에르의 말투는 오히려 또렷해졌다.

“나는 도플갱어 안에 일만 번 회귀한 당신을 가뒀소. 도플갱어가 실험실에서 도망친 것은 예상 밖이었지만, 오히려 기회였소. 당신이 그녀를 일행에 받아들였으니까. 그로 인해 멸망룡은 당신에게 ‘없어야 할 자’의 기운을 느끼고 방심하지 않았으나 당신은 결국 살아남았소. 그래서 나는 가치가 없어진 당신의 영혼을 도플갱어에게서 회수하려 했지.”

뤼미에르는 고백을 마쳤다.

“이것이 우리 계획의 전말이오.”

강윤수는 여전히 말이 없었다.

뤼미에르는 머리끝까지 사라져 가며 목소리도 희미해졌다.

"흰 그림자는 도플갱어의 가장 깊숙한 곳에 봉인되어 있소."

그가 마지막 말을 남겼다.

"처분은 당신 자신에게 맡기겠소, 강윤수."

뤼미에르는 완전히 소멸했다.

한 줌의 재가 되어 꽃밭을 누비는 그를 강윤수는 한참을 바라봤다. 이윽고 그는 말없이 배낭에서 술잔을 꺼내어 입으로 가져갔다.

'마황은 회귀할수록 약해져 갔다.'

분명 예전의 삶에서 최후의 공격에 격통을 느낀 마황을 목격했다.

자신은 왜 실패한 것일까.

마황이 격통을 느꼈던 그 기색은 단순히 연기에 불과했던 것인가?

게다가 강윤수는 '없어야 할 자'를 죽여야만 했다. 세상의 규칙을 복구해 완전한 신의 힘을 되찾기 위해서 말이다.

머릿속에 온갖 사념이 휘몰아치며 판단력을 흐리게 했다.

그래서 강윤수는 술을 마셨다.

한참을 고민한 뒤 그는 일어났다.

꽃밭을 아주 오랫동안 걸었다.

걸어갈수록 향기로운 꽃들이 사라지고 비눗방울마저 자취를 감췄다. 꽃밭은 사라지고 햇빛은 가늘어졌으며 푸른 하늘은 꺼져 버렸다.

어느새 강윤수가 걷고 있는 곳은 새하얗고 무딘 공백(空白)이었다.

그리고 마침내 그 공백의 끝에서.
그는 또 다른 자신과 마주했다.

사내는 바닥에 걸터앉아 있었다.
그의 몸은 사슬로 엮여 있고 목에는 큼지막한 족쇄가 차여져 있었다.
강윤수는 그를 보는 순간 희미해진 감정이 끓어오르는 것을 느꼈다.
어딜 봐도 자신과 똑같은 생김새.
자신과 같은 존재를 봤을 때의 혐오감과 묘한 분노가 칼에 어렸다.
"네가 흰 그림자인가?"
남자가 강윤수를 바라보았다.
자신과 똑같은 눈빛이었으나 무감정 이상으로 공허하고 허무했다.
흰 그림자가 고개를 끄덕였다.
'저 눈빛엔 담겨 있는 것이 없다.'
강윤수는 그렇게 느꼈다.
그가 칼을 굳세게 쥐었다.

"네게 묻고 싶은 것이 한둘이 아니다, 흰 그림자."

강윤수는 호흡을 가다듬었다.

자기 자신을 심문할 시간이었다.

"첫째로, 마황은 내가 회귀할수록 약해져 가고 있다. 그런데 왜 일만 번째까지 계속 실패를 거듭했지?"

흰 그림자는 입을 열지 않았다.

그는 미동조차 없었다.

그저 강윤수를 바라만 봤다.

"제대로 대답해라. 그렇지 않으면 널 죽이겠다."

강윤수가 칼날을 세웠으나 흰 그림자는 위협조차 느끼지 못했다.

그는 그저 앉아만 있었다.

강윤수가 흰 그림자의 목에 칼을 대기 위해 다가가려던 순간이었다.

흰 그림자가 손을 올렸다.

그러자 허공에 불타는 글귀가 떠올랐다.

술 줘.

강윤수는 배낭에서 무한의 술잔을 꺼내 흰 그림자에게 던졌다. 흰 그림자는 사슬로 묶인 손이었으나 용케도 술잔을 입에 가져갔다. 술로 목을 축인 뒤 흰 그림자는 불타는 글귀를 써내려갔다.

네 말대로 마황은 약해져 갔다.

실패를 거듭한 것도 사실이다.

그러나 너는 착각하고 있다.

강윤수는 다음에 떠오른 문구를 보는 순간 몸에 전율이 일어났다.

나는 마황을 죽이는 데 성공했다.

"마황을 죽였다고? 그런데도 세상이 멸망한 건가?"

흰 그림자가 글자를 떠올렸다.

마황은 확실히 약해져 갔다.

그러나 아주 조금씩이었다.

나는 필사적으로 회귀하며 싸웠고, 일만 번째 삶에서 마황을 죽였다.

그러나 나는 너무 늦고 말았다.

마황은 죽였으나 수없는 회귀로 이 세상엔 악영향이 쌓여 있었다.

그래서 마황을 죽였음에도 세상은 멸망을 맞이했다.

강윤수는 극심한 충격을 느꼈다.

마황은 회귀할 때마다 약해진다.

그 사실은 그가 마황을 죽일 수 없다고 느낄 때마다 희망을 줬다.

그러나 필사적으로 노력해도 마황이 죽는 것은 일만 번째의 삶. 일천 번째 삶에서 마황을 죽일 수 없단 것은 확정된 미래였다.

그러나 한편으로 의문이 들었다.

"넌 마황을 무슨 수로 죽였지?"

사실상 마황의 자살이었다.

일만 번째 삶에서 최후의 공격을 감행하고서 난 깨달았다.

설령 약해졌더라도 나는 영원히 마황에게 이길 수 없음을.

그러나 마황은 나의 공격에 죽었다.

그리고 죽어가며 말했다.

지나친 회귀로 다른 세계가 멸망했고 이 세상마저 멸할 것이라고

마황은 최후의 한마디를 남겼다.

『너에게 실망했다.』

그렇게 세상은 멸망했다.

결국, 혼자만의 힘으로 마황을 죽이는 것은 불가능했단 의미였다.

한꺼번에 너무 충격적인 정보를 접하게 되자 머리가 혼란스러웠다.

강윤수의 손이 파르르 떨렸다.

"술 줘."

흰 그림자가 술잔을 발로 차올려서 그에게 던졌다.

강윤수는 떨면서 술을 들이켰다.

머릿속이 차가워져야만 했다.

그가 가까스로 냉정을 되찾고서 질문했다.

"둘째로, 네가 아이리스 안에 계속 갇혀 있었다면 나를 도울 순간이 충분히 많았다. 네 스스로 정체를 밝힐 수도 있었겠지. 그런데 어째서 암묵하고 조용히 있었지?"

본래 나는 뤼미에르에게 봉인 당해 발언과 행동의 자유를 잃은 상태였다.

기껏해야 아이리스에게 몇 단어로 의사를 전달하는 게 전부였다.

네가 신살검에 당해 죽을 위기에 처했을 때 단 한 번 간신히 봉인에 저항해 도움을 주었다.

"셋째로, 내가 일만 번째 삶의 날 죽여도 아무런 악영향이 없나?"

어.

나는 이 세상에 '없어야 할 자'다.

마음대로 해.

흰 그림자는 삶에 대한 의욕조차 상실한 것처럼 보였다.

강윤수의 10배 이상 살았으니 20만 년이 넘는 세월을 견뎠을 것이다.

광기를 넘어 온갖 허무와 상실감이 그에게서 도사리고 있는 듯했다. 그토록 오래 살며 마황을 죽였으나 그 누구도 지키지 못했으니까.

"마지막으로 묻겠다. 대륙을 구할 방법은 정말 없는 건가?"

흰 그림자는 강윤수를 바라봤다.

무표정하고 소름 끼치도록 닮은 두 남자가 서로를 말없이 마주 봤다.

내 쪽에서 되묻겠다.

마황이 어째서 우릴 선택했는지 알고 있나?

강윤수는 고개를 저었다.

"몰라."

우린 결코 포기하지 않는다.

2만 년이든, 20만 년이든.

그래서 마황은 우릴 선택했다.

흰 그림자는 자신을 옥죈 사슬을 바라봤다.

나는 운명을 거슬렀다.

그러나 그것으론 부족했다.

대륙을 지키려면 나는 그에 걸맞은 뭔가를 희생해야만 했었다.

그러나 나는 그걸 몰랐고 그래서 결국 최후에 실패했다.

그리고 이제야 깨달았다.

운명을 거스르는 것으론 안 된다.

흰 그림자의 말투는 딱딱했다.

그러나 다음에 건넨 말만큼은 아주 미세한 의지가 실려져 있었다.

일천 번째 삶의 나.

너는 운명을 부숴 버려야만 한다.

운명을 부숴라.

그 말의 의미는 손쉽게 파악됐다.

무엇이 어찌 됐건. 무슨 수를 써서든.

그는 이번 삶에서 마황을 죽인다.

그로써 지켜내야만 한다.

그의 소중한 사람들을.

강윤수가 칼자루를 세게 쥐었다.

"나의 질문은 이것으로 끝이다. 세상에 남길 말은 있나?"

흰 그림자는 천천히 누웠다.

최후를 편히 맞이하겠단 것처럼.

유언은 생각해 뒀다.

샤네트에게.

언제나 그녀를 사랑하며 세상 누구보다도 소중한 아내라 전하고.

헨릭에게.

그는 존경하는 스승이자 가장 진한 우애를 느끼는 형이라 전하고.

아이리스에게.

과거 그녀를 살해한 것을 사과하며 흰 그림자일 때 줄곧 말을 걸어줘 감사를 느꼈노라 전하고.

화이트에게.

네가 내뱉는 욕이 모두를 지키기 위한 용맹이란 것을 안다고 전하고.

릭에게.

인형일지라도 너는 진정으로 살아 있는 존재라 전하고.

꼬마 리치에게.

너는 부족하지 않으며 진정한 학자이니 학식을 알리라 전하고.

샐리에게.

진심으로 사랑한 딸이라 전하고.

아클에게.

솔직하진 않더라도 너의 따스함을 항상 느낄 수 있었다 전하고.

라이트에게.

내겐 없는 너의 활발함이 모두에게 사랑받을 자격이라 전하고

샤프에게.

굳이 용기를 가질 의무가 없으니 너의 소심함마저 아끼라 전하고

그리고 모두에게.

죽게 해서 미안했다고 전해라.

강윤수는 고개를 끄덕였다.

그는 일만 번째 삶의 자신에게 걸어갔다.

20만 년을 넘게 살아온 자.

최후까지 포기하지 않은 사내.

자기 자신.

스스로를 죽이는 행위는 본능적인 거부감을 불러왔다.

그러나 강윤수는 해야만 했다.

그는 칼을 높이 들었다.

"네가 잃은 모든 것을 내가 지키겠다."

공백.

짧은 소리가 울렸다.

서걱—!

강윤수는 '없어야 할 자'를 죽였다.

「이 세상에서 없어야 할 자를 죽이는 데 성공했습니다.
세상의 규칙이 복구되며 완전한 신의 권능을 되찾습니다.
신력이 최대치까지 충족됩니다.」

강윤수는 완전한 신이 되었다.

이전과 차원이 다른 엄청난 힘이 몸에서 흘러나오는 것이 느껴졌다.

그가 손을 휘젓자 세상이 깨졌다.

「신력을 소모해 도플갱어의 정신세계에서 강제로 탈출합니다.
도플갱어가 깨어납니다.」

'해골은 어째서 울 수 없는가.'

꼬마 리치는 온몸이 갈라졌다.

머리뼈뿐만 아니라 온 뼈마디에 금이 갔고 뼛골까지 쿡쿡 쑤셨다.

그러나 꼬마 리치는 각오했다.

'내가 동료들을 위해 막아야 한다.'

꼬마 리치는 망가진 몸을 내던져 왕의 다리를 붙잡고 늘어졌다.

시리안은 꼬마 리치를 차 버렸다.

퍽!

"으흑!"

만물의 왕에게 차인 꼬마 리치는 거의 박살이 나며 바닥을 뒹굴었다.

"나 참, 선하고 의리 있는 리치라니. 별종이군, 상황만 아니라면 같이 술잔이라도 기울였을 텐데."

시리안은 관자놀이를 긁적였다.

리치가 흑마법으로 그를 붙잡고 늘어지는 새 다른 일행은 도망쳤다.

그러나 이곳은 마탑 내부.

그들이 어디로 도망치든 시리안의 손바닥 안이었다.

"후우."

시리안은 한 번 심호흡을 하고서 뒤로 도약했다가 창을 내던졌다.

쉬이이이이이익-!

창은 허공을 가르며 매서운 속도로 보이지 않는 곳까지 날아갔다.

콱!

"꺄아아악!"

벽면에 창날이 꽂히는 소리와 함께 누군가의 비명 소리가 들렸다.

시리안은 손가락을 튕겼다.

그러자 만물의 왕은 창이 있는 곳으로 단숨에 이동할 수 있었다.

일행은 눈앞에 갑자기 시리안이 나타나자 아연실색했다.

의식을 잃은 강윤수와 아이리스를 업은 화이트가 으르렁거렸다.

"카르르릉……! 우르노크라!"

"여기까지밖에 못 도망친 거야?"

시리안이 웃으며 창을 뽑았다.

헨릭이 바로 마나의 실을 휘젓자 뤽이 그의 눈동자에 주먹을 날렸다.

"눈알이 뽑혀서 죽어 줬으면 해."

"싫은데."

시리안은 뒤로 물러나며 가볍게 창을 올려쳤다.

그러자 뤽의 어여쁜 오른팔이 콰득거리며 허무하게 부서져 나갔다.

뤽의 눈동자가 타올랐다.

"재를 찢어 죽이고 싶어졌어."

「뤽의 신체 부위가 손상돼 정신상태가 극도로 오염되기 시작합니다.

서둘러 정신적 위안과 아름다운 오른팔을 세공해 주지 않으면 뤽은 참혹한 광기에 물들고 말 것입니다.

뤽의 정신력이 0점 이하로 떨어지고 있습니다!」

헨릭이 눈살을 찌푸렸다.

"인마! 팔은 나중에 내가 다시 만들어줄 수 있다. 그러니 진정해!"

그러나 뤽은 진정하지 못했다.
소녀 인형은 고개를 푹 숙이고 갑자기 소름 끼치게 웃기 시작했다.
"히히…… 히히히…… 히히히힛!"

「뤽이 광폭 상태에 돌입했습니다!
모든 능력치가 증폭하며 인형사의 뜻대로 전혀 조종되지 않습니다.
광폭에 돌입한 소녀 인형 뤽은 아군과 적군을 구분하지 못합니다.
뤽에게서 서둘러 떨어지는 것만이 목숨을 보전하는 길입니다.」

뤽은 웃음소리, 비명, 포효가 뒤섞인 기괴한 소리를 내기 시작했다.
샤프는 그녀의 소름 끼치는 광기에 겁을 덜컥 집어먹었다.
"무, 무서워…… 뤽……."
"인형과는 오랜만에 싸워보는데."
시리안은 광폭한 뤽을 눈앞에 두고도 손장난하는 어린애를 보듯 미소 지었다.
반면 샤네트는 안색이 창백했다.
"아저씨, 어떻게든 해보세요!"
"젠장, 그게 쉬운 줄 아냐!"
헨릭은 마나의 실을 쥐고 안간힘을 썼으나 뤽의 폭주는 못

막았다.

뤽이 손을 펼치자 소녀 인형보다 두 배는 큰 붉은 톱이 나타났다.

「뤽이 생명의 용액을 180리터 사용해 광기의 톱을 만들었습니다.
이 끔찍한 톱날은 육신뿐만 아니라 영혼까지 갈아버립니다.
톱날에 잠시라도 스쳤다간 핏방울이 아니라 영혼을 흘리게 됩니다.」

"히히힛!"

뤽이 가느다란 웃음소리를 흘리며 갑자기 눈앞에서 사라졌다.

인형은 보이지 않을 정도로 빠르게 주위를 배회했다.

곧 있으면 이 자리에 있는 모든 생명을 학살하기 시작하리라.

"빌어먹을! 달리 방법이 없구만."

헨릭은 이를 갈며 품에서 조각도를 꺼내 자기 손등을 옅게 찔렀다. 그리고 약간의 피가 배어 나오자 시리안 쪽으로 핏방울을 흩뿌렸다.

피할 수 없는 건 아니었지만 시리안은 의아해하며 우선 지켜봤다. 또한, 헨릭은 상처를 소매로 꽉 감싸매 피가 번지는 것을 막아 냈다. 헨릭의 동작은 고작 몇 초도 걸리지 않았을 만큼 아주 신속했다.

"뭐 하는 짓이야?"

시리안이 멋모르고 얼굴에 튄 핏방울을 닦아내려던 순간이었다.

"히히히히히힛!"

뤽이 광기 서린 웃음과 함께 나타나 시리안에게 톱날을 휘둘렀다.

시리안은 고개를 숙여 피했으나 뤽은 집요하게 그만을 공격했다.

뺨에 묻은 핏방울.

뤽이 본능적으로 피 냄새에 이끌리는 것이다.

시리안은 헨릭의 의도를 알아차리고서 빙그레 웃음을 지었다.

"아하, 이런 미친 인형도 그렇게 다룰 수 있는 방법이 있었군. 인형사로서 실력이 대단한데?"

"거, 칭찬 고맙구만. 그런데 네가 죽어주면 더 고마울 것 같다."

시리안은 뤽의 톱날을 피하면서도 크게 웃음을 터뜨렸다.

"이봐, 그건 곤란하지."

붉은 호선을 그리며 난잡하고 변칙적이게 공격해 오는 톱날. 그러나 시리안은 톱날을 피하지 않고서 단숨에 창날로 받아쳤다.

콰가가가각-!

무지막지한 파괴력.

톱날이 깨져 버리고 뤽의 몸체가 산산이 조각나 저편으로 날아갔다.

시리안은 고작 단 한 번의 휘두름으로 광폭해진 뤽을 압도했다.

“망할!”

헨릭은 입술을 씹으며, 몸이 부서져 바닥에 쓰러진 뤽에게 뛰어갔다.

뤽은 사지가 부러지고 한쪽 눈동자가 빼져나온 처참한 몰골이었다.

일반 사람이었다면 즉사했겠지만 인형이라 죽지는 않았다.

처참히 다치자 정신을 간신히 되찾았는지 뤽의 눈동자가 돌아왔다.

“괜찮냐고 물어보기도 무안한 몰골이구만.”

헨릭은 뤽을 들었다.

뤽이 바닥에 널브러진 팔다리와 훼손된 자기 몸뚱이를 바라봤다.

“헨릭, 슬퍼.”

“울지 마라, 나중에 고쳐주마.”

“내가 울고 있어?”

“오냐.”

“거짓말이야, 인형은 울 수 없어.”

“멍청아, 살아 있는 놈은 운다.”

헨릭이 뤽을 가슴에 안았다.

“울 수 없어서 불행한 건 리치 같은 시체 놈이지. 넌 살아있지 않냐.”

뤽은 울면서 나지막이 말했다.

"……죽이려고 해서 미안해."

"그래, 이제라도 알았으면 됐다."

헨릭은 뤽을 소환 상자에 넣었다.

시리안은 창날을 바닥에 박았다.

"자, 다음은 누구야?"

샤네트가 매서운 눈빛으로 불타는 사슬낫을 잡아 쥐며 나섰다.

그때 누군가 그녀의 뒤를 잡았다.

샐리가 울먹이면서 샤네트의 옷자락을 잡았다.

"엄마, 가지 마……."

샤네트는 희미하게 미소 지었다.

"샐리, 난 싸워야만 해."

"싫어, 가면 분명 죽을 거야!"

샐리가 샤네트의 다리를 끌어안고서 울음을 터뜨렸다.

그때 그 모습을 보던 아클이 차가운 표정을 지으며 앞으로 나섰다.

"다들 시끄러워. 내가 간다, 나한테는 영하의 자멸이 있으니 죽더라도 최소 한 방은 먹여줄 수 있어."

라이트가 밝게 미소 지었다.

"아니, 이젠 내가 싸울 거야! 아클은 내 뒤로 물러나 있도록 해. 나보다 아클이 작고 약하니까!"

"뭐, 뭐? 너, 지금 뭐라고 했냐?"

아클이 발끈하자 샤프가 주눅이 든 채로 중재했다.

"싸, 싸우지 마…… 이럴 거면 차라리 내가 싸울래……!"

화이트는 크게 포효했다.

"우르노크라-!"

시리안은 미묘하게 웃었다.

"너희의 눈물겨운 동료애가 내 악역으로서의 입지를 다져주는군."

"알면 봐주지 그러냐?"

헨릭이 빈정거리자 시리안은 정색하며 창대를 단호히 쥐었다.

"적당히 해. 전부 죽인다고 했잖아."

"상관없어요, 우린 모두 끝까지 당신과 싸울 테니까."

샤네트가 불꽃을 키웠다.

모두가 전투태세에 돌입했다.

시리안은 창을 내세웠다.

"하나씩 처리하려고 배려했는데, 모두가 같이 죽길 원한다면야."

시리안은 본격적인 자세를 취했다.

이제껏 없던 살의가 느껴졌다.

일행은 죽음이 다가옴을 느꼈다.

바로 그때였다.

저편에서 발걸음 소리가 들렸다.

뚜벅…… 뚜벅…… 뚜벅…… 뚜벅.

"뭐야. 누구지?"

시리안은 의아해하는 기색이었다.

마탑에 그들 외에 다른 인물이 들어올 수 있을 리가 없었다.

일행도 시리안의 반응에 놀라서 다가오는 인물에게 주목했다.

간간이 세워진 촛불이 흔들린다.

어둠으로부터 걸어 나온 새로운 인물의 모습이 드러났다.

시리안은 창대를 놓칠 뻔했다.

그의 눈동자가 파르르 떨렸다.

만물의 왕은 어느 때보다 복잡한 감정으로 물든 얼굴로 경악했다.

"세피아! 네가 어떻게……!"

흰 머리칼의 여인이 그를 무표정하게 바라봤다.

일행도 놀랐다.

무한의 차원술사 세피아.

과거에 사망한 고대영웅.

헨릭이 놀라서 말을 더듬거렸다.

"지, 지하에서 봤던 거신 대장장이의 유령 조수랑 똑같이 생겼는데?"

그러나 지금 그녀는 유령이 아니었다.

분명히 살아 있는 인간이었다.

과거에 죽었던 그녀가 어떻게 살아나서 마탑으로 온 것일까?

그런데.

그녀뿐만이 아니었다.

뚜벅…… 뚜벅…… 뚜벅…… 뚜벅.

또 다른 걸음걸이.

촛불이 흔들리며 그들을 비춘다.

세 사람이 걸어왔다.

시리안은 실색할 듯 안색이 창백해졌고 손을 부르르 떨었다.

“나힐렌…… 미네르바…… 나크론……! 너희들이 무슨 수로……!”

고귀의 궁사 나힐렌.

대연금술사 미네르바.

최후의 네크로맨서 나크론.

과거 시리안에게 배반당해 죽고만 고대영웅들.

그들이 되살아나 무표정한 얼굴로 시리안을 바라봤다.

시리안은 크게 충격을 받았다. 이제까지의 여유롭게 웃던 분위기는 그에게서 완전히 사라져 버렸다.

그는 경련하듯 온몸을 떨었고 숨을 쉬는 것조차도 힘겨워 보였다.

“말도 안 돼……! 너, 너희가 어떻게…… 도대체 무슨 일이……!”

그때 무심한 목소리가 울렸다.

“내가 그들을 재창조했다.”

모두가 목소리가 들린 곳으로 시선이 일제히 쏠렸다.

어느새 화이트에게 업혀 있던 강윤수와 아이리스가 깨어나 있었다.

그의 단말기에는 많은 문구가 떠올라 있었다.

「'세피아 드 휘나칸' 창조.

이차원의 생물을 소환하며 판데모니엄과 대적했던 고대 영웅.

그녀는 차원술사로 전직한 대륙 유일한 인물이었다. 또한, 그녀가 만든 신비로운 마법 물품은 차원을 꿰뚫는 기능이 존재한다고 한다.

막대한 신력이 소모되었습니다.

+전성기에 착용했던 아이템도 창조해 신력의 소모량이 급증합니다.

+대륙에서 살아간 인물을 재창조했습니다. 인격이 존재하지 않으며 시간이 지나면 자연 소멸합니다.」

「'나힐렌 레페' 창조.

대륙 최초로 마법 화살을 만들어 궁사 클래스를 개척한 고대영웅.

그는 생전에 대륙 모든 숲의 수장이자 자애로운 엘프였다.

막대한 신력이 소모되었습니다.

+전성기에 착용했던 아이템도 창조해 신력의 소모량이 급증합니다.

+대륙에서 살아간 인물을 재창조했습니다. 인격이 존재하지 않으며 시간이 지나면 자연 소멸합니다.」

「'미네르바 폰 쉬르얀' 창조.

수많은 물약 제조법과 연금술을 남긴 희대의 대연금술사 고대영웅.
그녀는 대마법사 오블리언과 맞먹는 대륙의 유일무이한 천재였다고 평가된다. 그녀가 남긴 제조법들은 아직까지 대륙에서 이용되고 있다.
막대한 신력이 소모되었습니다.
+전성기에 착용했던 아이템도 창조해 신력의 소모량이 급증합니다.
+대륙에서 살아간 인물을 재창조했습니다. 인격이 존재하지 않으며 시간이 지나면 자연 소멸합니다.」

「**'나크론 시르나켄' 창조.**
네크로맨서들의 전설적 위인이자 고대영웅. 그가 일으킨 언데드는 수백만이 넘는다고 한다.
막대한 신력이 소모되었습니다.
+전성기에 착용했던 아이템도 창조해 신력의 소모량이 급증합니다.
+대륙에서 살아간 인물을 재창조했습니다. 인격이 존재하지 않으며 시간이 지나면 자연 소멸합니다.」

창조의 권능으로 재창조한 위인들은 전성기 그대로의 힘을 지녔다. 자아와 스킬까지 잊어버리는 언데드와 달리 영웅의 강함을 보존했다.
'아쉽게도 인격은 없지만.'
한 세상에 같은 인격의 강윤수가 둘 존재해 세상의 규칙이 깨졌다.

설령 사망했더라도 동일한 인격의 영웅을 만든다면 세상의 규칙이 또 깨져 버릴 위험성이 있었다.

분신이나 영혼체라면 몰라도 이들은 창조된 인물이기 때문이다.

「전설의 위인을 창조해 단시간에 신력을 폭발적으로 소모했습니다.
신력이 17 남았습니다.
신력은 사흘 뒤에 재충전됩니다.」

재창조된 고대영웅.

왕의 배반으로 사망한 네 명의 고대영웅이 시리안과 대적했다.

시리안은 웃음기가 완전히 가시고 격노로 얼굴을 일그러뜨렸다.

"지금 대체 무슨 짓을 한 거지?"

"네게 선사할 수 있는 가장 잔인한 짓이다, 시리안."

강윤수는 바닥을 뒹구는 꼬마 리치의 뼛가루와 뤽의 팔다리를 봤다.

그는 손을 들어 올렸다.

그러자 고대영웅들이 각자의 무기를 들어서 시리안에게 겨누었다.

"네가 내 동료를 죽이려 했으니 나는 네 동료와 함께 널 죽이겠다.”

시리안이 이를 갈며 창을 들었다.

그를 죽이고자 하는 살기가 사방으로 뿜어져 나왔다.

그러나 강윤수는 무심히 말했다.

“거기다 너는 내 일행을 다치게 했다. 그러니 그 대가는.”

강윤수의 전신이 검붉은 기운으로 휩싸였다.

「파괴의 권능을 일깨웁니다.

모든 신력을 소모합니다.

실피아 대륙의 신이 파괴신으로 변모합니다.

모든 권능이 소멸되며 파괴를 위한 힘만이 충족됩니다.」

“죽음으로 갚아라.”

강윤수는 파괴신으로 강림했다.

싸움은 예고 없이 시작됐다.

시리안은 곧장 매서운 눈빛으로 창대를 굳세게 쥐고서 질주해 왔다.

이제까지의 몸놀림과는 달랐다.

순식간에 그가 그 자리에서 사라진 것처럼 보일 수준이었다.

1초도 되지 않는 짧은 새에 강윤수의 코앞에 창날이 다가왔다.

챙-!

번개 같은 빠르기로 올라간 강윤수의 칼이 시리안의 창을 쳐냈다.
검붉은 기운에 휩싸인 칼날과 창날이 부딪쳐 대기에 격동이 일었다.
순수한 힘의 충돌!
시리안은 곧바로 한 발을 뒤로 뺀 뒤 다시 한번 창을 내뻗었다.
강윤수도 칼을 휘둘러 받아쳤다.

채앵-!

멸망룡조차 제압하는 만물의 왕과 파괴신의 격돌은 재앙과도 같았다.
바닥이 울리고 탑이 흔들렸다.
주위의 일행이 몸을 가누지 못할 정도로 둘의 싸움은 압도적이었다.
강윤수가 칼에 집중하며 말했다.
"너흰 피해 있어."
"그게 무슨 말씀이세요?"
샤네트가 곧장 반박했다.

그러나 강윤수는 단호히 말했다.

"지금은 방해만 돼."

시리안은 일행을 힐끔 봤지만 강윤수와의 싸움에 집중하느라 그들에게 위해를 가할 수 없었다.

결국 일행은 아래층으로 물러났고 강윤수는 온건히 싸움에 몰두했다.

시리안이 눈살을 찌푸렸다.

"네가 회귀한 지 고작 1년일 텐데 꽤 강해졌군. 무슨 수를 쓴 거지?"

강윤수는 그 질문을 무시했다.

"착각하지 마라. 너와 싸우는 것은 나뿐만이 아니다. 시리안."

그는 칼을 휘두르는 동시에 왼손을 들어 올렸다.

그러자 곧바로 고귀의 궁사 나힐렌이 활의 시위를 크게 당겼다.

피이이이이잉—!

질풍의 연쇄사격!

수십의 마법화살이 시리안을 향해 절묘한 궤도를 그리며 날아갔다.

시리안은 민첩히 화살을 피하고 강윤수의 칼을 창으로 받아냈다.

"제기랄……."

시리안은 활을 쏜 나힐렌을 향해 창날을 돌렸다가 결국 거두었다.
그가 이글거리는 눈길로 말했다.
"네가 나보다 더하군. 나보고 저들을 또 내 손으로 죽이란 건가?"
"네가 할 수 있다면."
강윤수는 방심하지 않았다.
눈앞의 적은 만물의 왕 시리안.
과거의 삶에서도 그를 압도하거나 일격으로 죽여 버린 적은 없었다.
줄곧 꼭대기에서만 싸웠기에 시리안을 마탑 밖으로 떨어뜨려서 수명을 다하게 만드는 전술을 사용했다.
'그러나 이곳은 탑의 중앙이다.'
만물의 왕 시리안은 마탑 내부에서 불사(不死)를 취할 수 있다.
그를 죽일 수 있는 유일한 방법은 탑 밖으로 떨어뜨리는 것이다. 마탑에서 추락시키면 세월에 역류해 죽고 말지만 이곳은 탑 중앙. 침입자는 마탑에서 나갈 권한이 없고 바깥과 연결된 창도 없었다. 따라서 이곳에선 그를 탑 밖으로 떨어뜨리는 전술은 쓸 수 없었다.
'영웅들의 능력을 활용해야 한다.'
고대의 영웅들!
과거 판데모니엄을 막아낸 그들은 각 분야의 정점을 찍은 최강자였다. 강윤수는 격노한 시리안과 공격을 주고받으면서도 영웅들을 조종했다. 무한의 차원술사 세피아가 양손을 쥐고서 주문을 외우기 시작했다.

그와 동시에 강윤수 주위의 광경이 일그러지기 시작했다.

"멸살의 참격."

강윤수는 칼을 아래로 내려쳤다.

그러나 주위가 비틀리며 칼날의 궤도가 반대로 뒤바뀌었다.

시리안은 위로 치솟은 칼날을 재빠르게 막아내고 공격해 왔다.

그러나 싸움은 어려워졌다.

강윤수가 휘두르는 칼날은 물리법칙과 시공을 완벽히 무시해 버렸다.

앞에서 찌른 칼은 시리안의 뒤를 노렸고 초반에 내찌른 일격이 갑자기 끊어졌다가 후반에 나왔다.

시리안은 인간을 초월한 창술로 예측 불가한 공격들을 막아냈다.

그러나 공격에 소홀해져 버렸다.

그에 반면 강윤수는 점차 몸에 흐르는 힘이 강해짐을 느꼈다.

「파괴신의 힘에 적응했습니다.

파괴력을 100% 개방합니다.

태산을 가르고 전성기의 드래곤을 일격에 분쇄해 버릴 수 있습니다.」

파괴신의 힘은 막강했다.

시리안과 비등한 힘을 발휘하고 있었음에도 능력이 더욱 올라갔다. 본래 시리안을 기절시켜 꼭대기로 데려가 그를 떨어뜨릴 작정이었다.

'이쯤이면 전략을 바꿔도 되겠군.'

강윤수는 더욱 강력해진 힘으로 시리안을 몰아붙였다.

동시에 나힐렌, 미네르바, 나크론을 조종해 그를 공격하게 만들었다.

나힐렌이 대륙 최강의 마법화살을 쐈고 미네르바는 최상급 용암 골렘 군단을 소환했으며 나크론은 고대부터 내려온 온갖 저주를 내렸다.

사방에서 사중 공격을 해오자 마침내 시리안은 방어를 포기했다.

"나는 반드시 널 막아서겠다."

시리안은 마탑에선 죽지 않는다.

그러나 고대영웅의 능력은 불사의 몸에도 피해를 입히고 있었다.

마법화살이 몸에 파고들고 저주가 회복력을 더디게 했으며 골렘은 불 가루가 되어서도 전투를 방해했다.

죽진 않아도 몸은 삐걱거리고 휘두르는 창날도 느슨해져 버렸다.

그러나 시리안은 그 위험을 감수하고서 오히려 전투력을 불태웠다. 그가 방어를 포기하고 공격에 치중하자 창의 움직임이 거세졌다.

쉬이이이익―!

창날이 휘둘러질 때마다 풍압만으로도 탑이 매섭게 격동했다. 칼과 창이 부딪치면서 대기가 찢어지고 진동이 크게 울렸다. 주위에서 다가오던 용암골렘들이 충격파만으로 바스러질 수준이었다.

칼과 창이 맹렬히 부딪치는 와중.

두 남자는 약속이라도 한 것처럼 동시에 혼신의 일격을 주고받았다.

채앵―!

강윤수는 뒤로 나가떨어졌다.

시리안은 뼈가 녹아내리는 충격에도 굳건히 창을 쥐고서 다가왔다.

“우린 운명을 받아들여야 해.”

“내가 그 운명을 부술 것이다.”

그 순간 고대영웅들이 다시금 무기를 들어 만물의 왕을 노렸다. 그러나 시리안은 몸을 돌려 영웅들을 향해 힘껏 창을 휘둘렀다.

콰가가가각―!

고대영웅들의 죽음.

그의 공격에 되살아난 동료들이 육체가 갈아지고 사망해 버렸다.

시리안은 정신적 충격을 이기려는지 눈을 감고 얼굴에 손을 비볐다.

"하아아……!"

만물의 왕은 숨을 헐떡였다.

그의 뺨에는 핏물이 흥건했다.

갈라지는 목소리가 사나웠다.

"이제 그만 받아들여라!"

시리안의 발이 그의 가슴을 짓밟았다.

강윤수는 피와 숨을 토해냈다.

창날이 목을 겨누어왔다.

"포기하란 말이다. 마황에게 대륙이 멸망하는 것이 정해진 운명이야. 그 누구도 그걸 거부할 수 없어."

시리안의 말은 일리가 있었다.

일만 번을 회귀한 흰 그림자조차 마황을 자력으로 죽일 순 없었다.

만물의 왕은 순리를 지켜서 모든 세상을 지켜내고자 했다.

그러나 강윤수 역시 지켜야 할 것이 존재했다.

챙강-!

바로 그때 시리안의 뒤통수에 타오르는 사슬낫이 꽂혔다.

그러나 그는 아픈 기색도 없이 바로 낫을 뽑고서 뒤를 돌아보았다.

아래층으로 피신했던 강윤수의 일행이 돌아와 있었다.

샤네트가 차갑게 소리쳤다.

"강윤수 님한테서 떨어져요."

시리안은 화내지 않았다.

그는 오히려 정색하며 말했다.

"왜 다시 돌아왔지?"

시리안은 피에 젖은 얼굴로 일행을 물끄러미 바라봤다.

"너희 힘으론 날 죽일 수 없어. 너희가 범접할 수 없는 싸움이다. 다시 와봤자 금세 죽을 테고. 그런데 왜 나한테 다시 왔지?"

"거, 몰라서 묻냐?"

헨릭이 턱 끝으로 강윤수를 가리켰다.

"저놈 혼자 죽게 두면 나중에 원혼 돼서 복수하러 올까 봐 그런다."

"계속 생각해 보니 강윤수라면 충분히 그러고도 남을 것 같았단다."

아이리스가 날개를 활짝 펼쳤다.

소환수들도 전투태세를 갖췄다.

샤네트가 확고히 말했다.

"우린 저분을 결코 버릴 수 없어요. 설령 우리가 죽게 되더라도."

시리안은 잠시 침묵했다.

그는 일행을 오래도록 주시했다.

그리고 고개를 돌려 자신이 죽인 옛 동료들의 시체를 바라봤다.

시리안은 피가 묻은 손으로 얼굴을 감싸 쥐며 헛웃음을 터뜨렸다.

"우습군. 정말 우스워. 너무 머저리 같아서 웃음이 다 나온다."

바로 그때 뒤편에서 강윤수의 힘겨운 목소리가 들려왔다.

"난 모든 것에 관심을 잃었다. 오래 살았고 날 위한 숙원도 없다."

그는 비틀거리며 일어섰다.

"그러나 저들만은 지켜야 한다."

불현듯 창대를 감싸 쥔 시리안의 손이 떨렸다.

강윤수는 칼을 들어 올렸다.

"그래서 마황을 죽여야만 한다. 그것이 아무리 불가능할지라도."

강윤수의 전신을 감싼 검붉은 기운이 눈부시게 달아올랐다.

「모든 것을 초월한 파괴력!

파괴력을 10,000% 개방합니다!

천지를 가르고 부술 수 없는 것을 파괴할 수 있게 됐습니다.」

창을 세운 시리안이 뛰어들었다.

강윤수는 세차게 칼을 휘둘렀다.

파괴신의 일격은 시리안을 나가떨어지게 했고 벽면을 부숴 버렸다.

콰가가가가가가가가가가가가가각—!

탑이 거세게 흔들렸다.
벽면이 파괴력을 감당 못 하고 마탑의 중간이 매섭게 깨져 버렸다.
중심이 무너진 마탑은 산산이 조각나며 무너져 내리기 시작했다. 누구도 깰 수 없었던 마탑이 한 남자의 손에 의해 부서져 갔다.

강윤수는 마탑을 절단 내버렸다.

마탑이 붕괴됐다.
바닥에는 거대한 탑 파편이 너저분했고 일행들은 쓰러져 있었다.
"콜록! 콜록! 다들 괜찮아요?"
일행은 몸을 일으켰다.
그때 탑 파편 사이에서 고통스러운 목소리가 들려왔다.
"모두 제발 날 살려 줘라……!"
"세상에! 꼬마 리치구나!"
아이리스가 탑의 잔해를 들춰서 너덜너덜한 꼬마 리치를

데려왔다.

리치라서 죽진 않았지만 온몸의 뼈가 깨져서 활동이 힘들었다.

샤네트는 주위를 둘러봤다.

"그런데 강윤수 님은 어디에 계시죠?"

"일단 찾아보자."

일행은 주위를 배회했고 강윤수를 어렵지 않게 찾을 수 있었다.

강윤수는 몸의 절반이 찢겨버린 시리안의 앞에 걸터앉아 있었다.

"참혹한 몰골이구만."

헨릭이 눈살을 찌푸렸다.

강윤수는 쓰러진 시리안을 봤다.

시리안은 마탑에서 벗어나 신체가 부서지며 생명력을 잃고 있었다.

"마황은 어느 시기에 나타나지?"

"마탑을 파괴해 버렸으니…… 조금 뒤…… 여기로 넘어오게 될 거다."

일행은 경악했다.

마황.

수백 번이나 대륙을 파괴하고 강윤수를 회귀시킨 절대적 존재.

그런 마황이 조금 뒤에 나타난다.

그러나 강윤수는 놀라지 않았다.

세상의 규칙은 복구했으나 마황이 나타날 시기는 바뀌지 않았다. 오히려 파괴신이 된 지금 나타난다면 더없이 최고의 기회였다.

“난 이 세상에서 ‘없어야 할 자’를 죽였다. 그래도 이번 삶이 마지막인 것은 그대로겠지?”

“물론…… 그것만은 바꿀 수 없지…….”

시리안은 죽어가며 미소 지었다.

“꼴이 말은 아니지만…… 이렇게 되니 오히려 후련하군……. 이젠 기대되기까지 해……. 네가 마황을 죽여 버릴지…… 아니면 그대로 실패해 절망에 빠질지…… 말이야.”

강윤수는 그를 말없이 바라봤다.

시리안은 최후에 웃음을 거뒀다.

죽음 앞에서 그의 얼굴에 드러난 감정은 순수한 슬픔이었다.

“아아…… 단 한 번이라도…… 동료들에게 사과할 수 있다면…….”

그 말이 최후의 한마디였다.

시리안은 바스러지고 말았다.

「만물의 왕 시리안 란체카스타를 죽였습니다!

【전설 의뢰-마탑의 주인】을 완수했습니다.

막대한 경험치를 얻었으나 완전한 신이기에 레벨이 오르지 않습니다.

차후 만물의 왕으로 전직하는 전설에 관해 파악할 수 있게 됩니다.

마탑을 파괴해 탑을 재건한 거신들의 분노를 사게 됩니다.」

「전설 의뢰가 최종장으로 이어집니다.」

강윤수는 만물의 왕의 마지막 한마디를 머릿속에 새겨들었다.

그리고 왼손에 낀 생명억압반지를 그가 사라진 자리를 향해 들었다.

반지에 영혼을 봉인할 기회가 단 1회 남아 있었다.

"영혼채집."

검게 변색된 시리안의 영혼이 그의 반지 속으로 빨려 들어왔다.

바로 그때였다.

벼락같은 고함이 들려왔다.

"마탑이 무너져 버렸다!"

"저들이 만물의 왕을 죽였다!"

"침입자들을 척살하라!"

바닥이 매섭게 울렸다.

네버데드 드래곤에게 쏠렸던 수십의 거신이 뛰어오기 시작했다.

"꺄아아악! 어, 어떻게 해! 거신들이 우릴 죽여 버릴 거야!"

샐리가 울먹였지만 아클이 코웃음을 쳤다.

"무슨 상관이야? 우리한테는 만물의 왕도 죽인 괴물이 있는데."

아클의 말은 옳았다.

거신들은 질기고 강력하지만 파괴신 상태면 상대 못 할 것도 아니다.

'좀 오래 걸리긴 하겠군.'

강윤수가 칼을 쥐었을 때였다.

끔찍한 단말마가 사방을 울렸다.

"크허허헉!"

"끄아아아악!"

일순간 이쪽을 향해 달려오던 거신들이 모조리 죽어버렸다. 온몸이 찢어지는 것도 모자라 박살 나고 부서져 시체조차 안 남았다. 파괴신조차 저렇게 거신들을 가차 없이 학살해 버릴 순 없었다.

"뭐, 뭐가 어떻게 된 거죠?"

샤네트는 순식간에 학살당한 거신들을 보며 당황해 버렸다.

그때 아이리스가 하늘을 가리켰다.

"저길 보렴!"

잿빛 하늘이 양쪽으로 갈라졌다.

하늘이 갈라진 형세는 문과 흡사했고 저편에 또 다른 세상이 보였다.

어둡고 차가운 악마들의 세계.

저것은 판데모니엄의 문이었다.

과거 고대영웅들이 막아냈던 그 문이 다시금 그들 눈앞에 나타났다.

끼이이이이익…….

소름 끼치는 소리를 전조로 판데모니엄의 문이 활짝 열렸다.

갈라진 하늘 사이로 형용할 수 없는 존재가 내려왔다.

세상으로 넘어온 그것을 바라보는 순간 일행은 얼어붙고 말았다.

'저것'은 죽음이었다.

영원한 휴식을 뜻하는 평온한 의미가 아닌 진정으로 악독스러운 죽음.

손톱 하나하나에는 세상마저 찢어버릴 공포가 담겨 있었고 몸체는 근본적인 물질로부터 일탈해 있었다.

눈동자를 바라보면 뒤통수가 얼어붙고 온몸이 타버려 잿더미가 되어버릴 것만 같은 불안에 휩싸였다.

'저것' 앞에서 칼을 뽑는 자는 바로 목이 떨어질 것이고 도주하는 자는 영혼이 몸에서 빠져나갈 것이다.

'저것'은 모든 걸 뭉개고 세상의 색채를 공포만으로 물들일 것이다.

모두가 '저것' 앞에서 전의를 상실했다.

거신들조차 일순간 뭉개 버린 존재가 하늘에 강림해 있었다.

수없이 많은 삶에서 마주한 숙적.

강윤수는 칼을 꽉 쥐고서 일어나 이를 악물었다.

"마황."

7장
최후의 사투

세상이 종말을 맞이한 것 같았다.

피부에 닿는 공기가 싸늘해졌고 생명의 기미가 급격히 사라졌다. 하늘에 오른 마황의 가느다란 7개의 눈동자가 일행을 내려다봤다.

톱니 조각 같은 입술이 열렸다.

마황의 목소리는 이 세상의 것이라기엔 너무나 이질적이고 낯설었다.

『우둔하게 멸할 자여.』

마황의 목소리가 크게 울렸다.

강윤수는 세월에 굳어버린 심장이 흥분으로 세차게 뛰는 것을 느꼈다.

그가 마황을 차디찬 눈빛으로 노려봤다.

"네놈을 보면 심장이 뛰었다. 언제나. 처음 만난 것처럼."

강윤수가 말을 꺼내자 일행은 그제야 몸이 움직이는 것을 깨달았다.

마황은 그 존재만으로도 그들의 전의를 상실시켰고 압도해 버렸다.

『문이 불완전하다. 누군가 세상의 규칙에 손을 댔군.』

마황이 넘어오자마자 판데모니엄의 문은 곧바로 닫혀 버렸다.

닫힌 문은 희미해져 가고 있었다.

마황의 일곱 눈동자의 시선이 강윤수에게 모아졌다.

『나는 홀로 일찍 불려졌다. 네가 회귀할 시점도 아직 오지 않았다.』

본래 마황은 회귀 이후 20년이 지나고 나타났어야 했다.

그러나 시리안이 흰 그림자를 데려와 마황이 나타날 시기가 앞당겨지고 이번이 마지막 삶이 되었다.

강윤수는 마황을 향해 소리쳤다.

"일천 번째 삶에서 변수가 일어났다. 나는 이제 회귀할 수 없다."

『그래 보이는군. 아쉽게도.』

그러나 마황에게선 전혀 아쉬워 보이는 기색을 찾아볼 수 없었다.

아니, 오히려 저런 비현실적인 존재에게는 마음조차 없는 것 같았다.

『넌 지난 죽음 때 이번 삶에서야말로 날 죽이겠다고 선언했다.』

마황이 강윤수를 향해 말했다.

『운명을 거스르는 못난 자여. 마침내 날 상대할 힘을 갖추었나?』

강윤수는 현재 파괴신이었다.

단언컨대 지금껏 살아온 수많은 삶 중에서 최고로 강하게 성장했다. 최후의 일천 번째 삶이었기에 마황을 향한 살기도 가장 강렬했다.

그의 칼에 검붉은 기운이 짙었다.

"나는 네놈을 반드시 죽인다."

『그럼 우선은 널 시험하겠다.』

마황의 수많은 손아귀가 희미해져 가는 판데모니엄의 문으로 향했다.

굳게 닫혔던 문짝을 손아귀들이 붙잡아 다시금 열어젖혀 냈다.

헨릭이 화들짝 기겁했다.

"저 문, 아예 닫힌 것 아니었냐?"

"마황은 문이 완전히 소멸되기 전까지 열고 닫을 권한이 있어."

강윤수는 칼을 세웠다.

끼이이이이익…….

소스라치게 끔찍한 문소리와 함께 차갑고 어두운 세계가 엿보였다.

거대한 문이 다시 열렸다.

판데모니엄의 악마들이 벌새 떼처럼 이쪽으로 넘어오기 시작했다.

"나의 영혼이 피에 굶주렸다."

"크하핫! 드디어 문이 열렸다!"

악마들의 압도적인 숫자에 일행은 할 말을 잃어버리고 말았다.

라이트마저 쓴웃음을 지었다.

"엄청나게 많아."

하늘을 악마들이 빼곡히 채웠다.

판데모니엄의 문은 소멸됐으나 2,000마리가 넘는 악마가 넘어온 후였다.

악마들은 하급이 가장 많았고 그 다음 중급, 서른의 상급, 그리고 소수 정예의 최상급 악마가 넘어왔다.

그러나 막상 마황 주위로 모여들자 악마들은 침묵을 지켰다.

마황은 판데모니엄의 군주였다.

최상급 악마들조차 마황 앞에선 함부로 본성을 드러내지 못했다.

『살아 있는 것을 모두 죽여라.』

마황의 명령이 떨어지자 악마들이 일제히 날아오기 시작했다.

독액이 묻은 발톱, 최악의 흑마법으로 공격해 오는 수천의 악마들! 악마의 군세는 흉악 그 자체였다.

일행은 죽음을 각오하며 전투태세를 갖췄다. 그러나 강윤수가 검붉은 기운에 휩싸인 칼을 휘두른 순간이었다.

판도가 완전히 뒤바뀌었다.

콰가가가가가가가가가가가가가가―!

새까만 하늘을 가르는 일격!
칼날로부터 실린 힘이 돌격해 오는 80마리의 악마들을 터뜨려버렸다.
"크웨에에에엑―!"
"무, 무슨 일이냐? 대체 무슨 재앙이 벌어지는 거냐? 커허헉!"
악마들은 강윤수의 칼 놀림을 제대로 보지도 못한 채 죽어나갔다.
천지를 가르는 파괴신의 능력!
강윤수는 연속해 칼을 휘둘렀다.
그들에게 다가서는 악마들은 모조리 죽음을 맞이했다.
악마들은 저주를 내리거나 보호 마법을 펼쳤지만 막강한 무력 앞에선 그 모든 것이 무의미했다.
악마들을 죽이고 지형을 파괴할 때마다 검붉은 기운은 짙어졌다.
일백 번의 칼을 휘둘렀을 때였다.

「한없이 폭증하는 파괴력!
파괴력을 100,000% 개방합니다!
극대량의 파괴력을 개방해 공격 범위가 넓어집니다.」

파괴할수록 강해지는 파괴신!

10만 퍼센트의 파괴력을 갖췄다.

1만 퍼센트의 파괴력으로도 마탑을 절단 내버렸던 강윤수였다.

이제 강윤수의 칼은 검붉은 빛깔로 변색되어버렸다.

그는 앞으로 뛰어가며 양손으로 칼자루를 쥐고 휘둘렀다.

콰가가가가가가가가가가가가가가가가가가가가가가가가가가가가가각—!

수많은 악마의 시체가 하늘에서 검은 빗방울처럼 떨어져 내렸다.

하급 악마들부터 시작해 마침내 상급 악마들까지 전멸했다.

소수 정예의 최상급 악마들은 목숨은 건졌지만 만신창이였다.

헨릭이 입을 떡 벌렸다.

"저게 말이나 되냐?"

"눈으로 보고도 못 믿겠어요."

강윤수는 땅을 박차고 뛰었다.

발을 구르는 힘조차 강력해져 일대의 대지가 부서져 내렸다.

고작 한 번의 도약으로 그는 순식간에 고공으로 치솟았다.

"사, 살려다오! 목숨만 붙여준다면 악마의 흑마법을 알려주겠다!"

"고대부터 숨겨놓은 저주 서린 명검에 관해 가르쳐주겠다. 살려줘!"

자존심 높은 악마들이 달콤한 보상까지 제시하며 목숨을 구걸했다.

그러나 강윤수는 자비가 없었다.

그의 칼이 도주하는 최상급 악마들을 매섭게 베어 부숴 버렸다.

콰자자자자자자자자자자자자자작―!

강윤수는 악마들을 모조리 쓸어버린 뒤 대지에 안착했다.

「판데모니엄에서 넘어온 악마 2,182마리를 전부 학살했습니다.
'판데모니엄 악마사냥꾼' 유일 직업 취득에 관한 단서를 얻었습니다.
모든 능력치가 18씩 오릅니다.
악마 종족이 당신을 기피합니다.」

마황은 악마들이 죽었음에도 별다른 기색 없이 강윤수를 내려 봤다.

강윤수는 핏물에 젖은 칼을 휘저은 뒤 소리쳤다.

"너답지 않다, 마황."

그는 이전 삶과의 차이를 느꼈다.

"원래의 너라면 번거로운 과정 없이 날 죽이려 들었을 것이다."

『**그랬겠지.**』

마황은 순순히 인정했다.

사실 마황과 이렇게 많은 대화를 나눈 것도 이번 삶이 처음이었다.

『**이젠 아무도 회귀시킬 수 없다. 그러니 너는 내 유일한 숙적이다.**』

그다음으로 마황이 내뱉은 말은 전혀 예상하지 못한 것이었다.

『**나의 수명이 끝나가고 있다.**』

강윤수는 흠칫 놀랐다.

마황 같은 존재에게 수명이 존재할 것이라곤 생각지 못했다.

그러나 기억을 돌이켜보니 아귀가 확실히 맞아떨어졌다.

'그래서 내가 회귀할 때마다 마황이 약해졌던 거였군.'

마황의 수명이 끝나간다.

시간이 흘러 수명의 한계점에 가까워질수록 힘이 약화되는 것이다.

'그러나 시간이 흐르더라도 나는 마황을 혼자서 죽일 수 없었다.'

흰 그림자는 일만 번째 삶에서 마황이 자신에게 죽어줬다고 했다.

그 이유는 마황이 일만 번째 삶에서 수명이 다했기 때문이리라.

『최후가 다가온다. 너희에겐 길지만 나의 시간으로는 턱없이 짧았다. 이 세상의 시간을 되돌려도 내 수명은 돌아오지 않는다. 나는 내게 걸맞은 최후를 원한다.』

마황이 말을 이어갔다.

『난 헛된 최후가 아닌, 후회 없이 싸우다 죽길 원한다. 그래서 나와 대등하게 싸울 적을 바랐다.』

강윤수는 단말기를 들어 보였다.

"이것도 네가 한 짓이었나?"

다른 세상에서 불러온 여행자들.

마황은 긍정했다.

『나는 여행자들을 불러왔고 그들에게 이능의 도구를 주었다. 그리고 동기를 부여했다. 날 죽여야만 현실로 돌아갈 수 있다.』

마황의 흉측한 몸이 오그라지고 부풀기를 반복했다.

『그러나 여행자들은 터무니없이 약했다. 그래서 나는 그중에서 가장 의지가 강한 자를 계속 회귀시켜 왔다.』

마황의 팔들이 자신을 가리켰다.

『그것이 바로 너였다.』

칼을 쥔 강윤수의 손이 떨렸다.

『너는 내게 여흥이자 숙적이었고 언젠가 맞이할 죽음이었다.』

강윤수는 언제나 마황 그 자체를 죽음이라 인식해 왔다.

그러나 지금 이 순간 그것은 마황 역시 마찬가지였단 걸 깨달았다.

마황도 강윤수를 훗날 목숨을 끊어낼 죽음이라 여겨온 것이다.

『**그런데.**』

바로 그때 마황을 둘러싼 기운이 위압적으로 변했다.

『**너는 어째서.**』

감당하지 못할 힘이 느껴졌다.

끔찍하도록 겪어온 전조.

강윤수는 다급히 칼을 내세웠다.

『**이따위로 약하단 말인가.**』

마황은 수없이 휘날리는 팔 중에서 한 짝을 지상으로 내려쳤다.

강윤수 역시 그 엄청난 힘에 맞서 온 힘을 다해 칼을 올려쳤다.

콱!

아주 짧은 소리가 울렸다.

강렬한 힘이 그에게 쏟아졌다.

파괴신의 힘으로 맞받아쳐 완화했어도 충격이 온몸에 휘몰아쳤다.

마황은 힘을 매섭게 뿜어냈다.

콱! 콱! 콱! 콱! 콱! 콱! 콱! 콱!

힘이 수없이 내려쳤다.

그의 오른팔이 찢어져 조각났다.

불멸의 검이 산산이 부서졌다.

복부가 크게 꿰뚫렸다.

강윤수는 버티려다가 넘어졌다.

황폐한 대지 위로 쓰러지는 와중에 시간이 느리게 흘러갔다.

파괴신의 힘을 받아낸 마황의 팔이 눈앞에 보였다.

팔 끝에 아주 조금 갈라진 상흔.

그것이 현재 강윤수가 전력으로 마황에게 입힐 수 있는 상처였다.

'지금마저도 부족하단 건가?'

강윤수는 최선을 다해왔다.

대륙의 가장 위험한 곳을 거쳤고 항상 최상의 루트를 밟아왔다. 신의 힘을 얻고 또 다른 자신까지 죽이며 파괴신의 경지에 올랐다.

그렇게 수천의 악마 떼마저 단숨에 학살할 수 있는 힘까지 키웠다.

여기서 더 강해질 순 없었다. 그런데도 마황의 일격에 무력하게 쓰러질 수준밖에 되지 않았다.

이쯤이면 해볼 만하다고 여겼다. 수많은 맹세를 해왔고 죽음을 각오하며 마황을 죽이려 해왔다. 자신의 사람들을 지키고 그토록 바라왔던 삶을 살아가길 원했다.

그러나 결국 이것이 최후였다.

허망하게도.

『너에게 실망했다.』

마황의 목소리가 들려왔다.

강윤수는 완전히 쓰러졌다.

일행의 비명이 쏟아졌다.

"꺄아아아악!"

"강윤수 님!"

"저놈 빨리 치료 안 하면 죽는다! 서둘러!"

시야가 갈수록 흐릿해졌다.

멀리서 뛰어오는 일행이 보였다.

'오지 마.

너흰 서둘러 도망쳐야 해.

마지막 삶에선 죽음을 돌이킬 수 없어.

나한테서 멀어져.

너흰 잠시라도 살아 있어야 해.

다가오지 마.

제발 나에게 다가오지 마.'

마황이 손을 들어 올린다.

그러나 일행은 멈추지 않았다.

그들은 쓰러진 강윤수를 구해내기 위해 목숨을 걸고서 달려왔다.

"강윤수!"

"아빠!"

"카르르릉-!"

"스승!"

마황이 일행을 향해 움직였다.

온몸에서 힘이 사라졌다.

그러나 강윤수는 입술을 피가 날 정도로 씹으며 몸을 일으켜냈다.

그가 이글거리는 눈빛으로 마황을 향해 격하게 소리쳤다.

"저들에게 손대지 마라! 내가 기필코 널 죽여 버리겠다!"

얼마 만에 쏟은 강렬한 감정인가.

강윤수는 몸을 움직이려 했다.

마황을 필사적으로 막으려 했다.

그러나 불가능했다.

잘려나간 오른팔과 구멍이 나버린 복부에서 피가 울컥울컥 쏟아졌다.

"커헉……."

그는 서 있는 것조차 위태로웠다.

일행이 마황의 시선을 끌기 위해 불꽃과 마법을 쏟아부었다.

그러나 마황은 강윤수만을 바라보고 있었다.

『넌 내 상대가 되지 못했다.』

마황의 손아귀가 내려왔다.

분신이나 다른 술수도 없었다.

모든 것은 마황 앞에서 무력했다.

"……."

늘 그래 왔듯이.

마황을 거역하지 못하고.

지켜야 할 것을 지키지 못한 채.

강윤수는 죽음을 맞이한다.

삶과 죽음의 경계선.

강윤수는 그 자리에서 눈을 떴다.

'이곳은…….'

지겹도록 익숙한 공간이었다.

대장장이의 공방.

너무나 낡고 초라해 그 누구도 쓰지 않는 장소.

인생의 재시작점.

자신이 마황에게 죽어 회귀할 때마다 돌아오는 곳이었다.

'……이제 회귀할 순 없을 텐데.'

처음엔 자신이 또다시 과거로 돌아온 것이 아닐까 하고 의심됐다.

그러나 회귀가 아니었다.

단말기에 표시된 날짜는 현재였고, 무엇보다 공방이 낯설었다.

모든 물체가 생동감이 있었으나 비현실적이었다.

물체의 형상은 흐릿하면서도 어딘가 모르게 추상적이었다.

이곳은 자신이 아는 현실이 아니라는 생각이 강하게 들었다.

'난 분명히 죽었다.'

최후의 순간 마황의 손아귀가 내려와 자신을 짓눌렀다.

강윤수는 자신의 몸을 살폈다.

오른팔은 여전히 잘려 있었고, 배에 뚫린 구멍이 휑했다.

그러나 격통은 전혀 없었다.

피도 한 방울 흐르지 않았다.

'어떻게 된 일인지 모르겠군.'

강윤수는 일단 움직이기로 했다.

문을 열고 공방을 나왔을 때였다.

"……."

그는 놀라운 광경을 마주했다.

창백한 초승달 아래로 사람들이 불가 주위에 모여 있었다.

그들의 상처는 짙고 참혹했다.

어떤 자는 목에 구멍이 났거나 심장이 꿰뚫린 남자도 있었다. 그들은 공통적으로 시체처럼 무신경한 눈동자를 지니고 있었다. 그러나 그가 놀란 것은 그들 모두 익숙한 생김새였기 때문이다. 그중에서 가장 덩치가 큰 남자가 갑자기 벌떡 일어났다.

"네놈의 얼굴을 기억하고 있다!"

거한은 뺨을 길게 베인 상처와 목이 꿰뚫린 부상이 흉측했다.

"확실하군. 날 죽인 네놈과 다시 만나기만을 손꼽아 기다려왔지."

거한이 분노가 역력한 눈동자로 자신을 노려봤다.

강윤수는 눈동자를 좁혔다.

"황용호."

과거 공방에 홀로 있던 강윤수를 죽이고자 주도했던 작자.

강윤수는 불가 주위에 모여 있는 사람들을 제대로 살폈다.

'내가 회귀하자마자 가장 처음 죽여 버렸던 악한들이군.'

이미 죽어버린 그들이 어째서 이곳에 있는 것일까.

강윤수는 자신이 죽였던 자들과 재회한 것에는 관심이 없었다.

그보다 여기가 죽은 이들의 세상이 아닐까 의심이 들었다.

"이곳은 어디지?"

"닥치고 뒈져라!"

황용호가 커다란 덩치를 앞세워 자신에게 달려 들어왔다.

그러나 강윤수의 눈에는 둔하기 짝이 없는 동작이었다.

가볍게 피하고 왼팔을 뻗어 반격하던 찰나였다.

"……!"

갑자기 눈앞에 있던 황용호의 모습이 갑자기 지워졌다.

강윤수가 의아스러워할 때 다른 악한들이 두려운 표정을 지었다.

"왜 이자가 갑자기 사라졌지? 그리고 너흰 뭐지?"

그러나 악한들은 그의 질문에 대답하지 않았다.

황무지에 옅은 바람이 불었고 어느새 그들은 사라져 버렸다.

강윤수가 갑작스레 허전해진 눈앞을 멍하니 바라볼 때였다.

"아, 이런. 왜 벌써 온 거야?"

짜증스러운 목소리가 들려왔다.

고개를 돌려보자 한 남자가 얼굴을 찡그리며 걸어왔다.

아주 짙은 흑색 머리칼에다가 연두색 눈동자를 가진 청년이었다.

청년은 어두운 정장을 차려입었는데 독특하게도 강윤수가 원래 살던 세상의 것과 흡사했다.

강윤수는 경계심을 세웠다.

"너는 누구지?"

"초면인데 존대 안 합니까?"

"싫어."

"뭐?"

"네 정체부터 밝혀."

청년은 눈썹을 찡그렸다.

자신과 비슷해 보이는 나이였지만 인상이 순하고 말끔했다.

"알긴 알았지만 그다지 정이 가는 놈은 아니군."

청년이 중얼거리다 설명했다.

"이봐요. 어, 음. 당신이 반말을 쓴다니 나도 그렇게 하겠다. 당신은 여기에 와선 안 될 인물이야."

"이곳이 어딘데."

"현세와 명계의 경계선. 원혼이나 생사가 불분명한 자가 여길 오지."

강윤수는 이곳을 다시 둘러봤다.

실피아 대륙과 비슷하지만 어딘가 다르단 느낌이 풍겨왔다.

장서관 시련에서 영혼일 때가 떠올랐지만 그때와는 분위기가 달랐다.

"나는 죽은 건가?"

"지금은 일단 그런 상태지만, 어쩌면 아니게 될 수도 있지."

"뭔 소리야."

"하여간 당신은 여기에 있어선 안 돼. 그리고 난 당신 때문에 왔지. 이제부터 당신과 나는 동행해야 해."

강윤수는 본능적으로 경계했다.

"날 명계로 데려갈 작정인가?"

"내가 무슨 저승사자로 보이나?"

청년이 황당해했다.

어째선지 강윤수는 묘하게 그와 동행해야 할 것 같은 느낌이 들었다.

단순한 직감이 아니었다.

낯선 곳에선 동행자가 필요했다.

일단 동행하고서 청년이 믿음직스럽지 않다면 떨어지기로 결심했다.

"당신 이름은 강윤수였지."

청년은 이미 자신을 알고 있었다.

강윤수가 물었다.

"너는 정체가 뭐지?"

"당신이 딱히 알 필요 없어."

청년이 무성의하게 대답했다.

강윤수는 눈썹을 올렸다.

"그럼 난 널 뭐라고 부르지?"

청년은 얼버무렸다.

"그냥 죽음이라고 불러. 댁한테 나는 대충 그거랑 비슷한 존재야."

죽음.

강윤수는 순간 마황이 떠올랐으나 생각을 거두고 청년을 따라갔다.

강윤수는 죽음과 같이 생활했다.

메마른 황무지를 하루 종일 걷고 밤이면 불을 피워서 야영했다. 이곳에서 일주일이 넘게 흘러도 단말기에 표시된 시간은 그대로였다. 단말기가 고장 날 리 없지만 현실 시간까지 정체됐다는 보장은 없다.

"우린 어디로 가는 거지?"

"잠자코 따라와."

죽음은 목적지도 말하지 않았다.

이곳은 현실과 비슷했으나 공간이 추상적이고 항상 변화했다.

그래서 길을 찾기가 불편했다.

죽음은 밤마다 질문해 왔다.

"당신은 어쩌다가 죽게 됐나?"

평소 같았으면 무시했을 것이다.

그러나 이상하게도 죽음에게는 마음이 흔들렸다.

강윤수는 죽음이 질문할 때마다 대답해 줬다.
"난 마황에게 죽었다."
"마황? 그게 뭔지 이야기해 줘."
강윤수는 자기 사정을 얘기했다.
줄곧 자신을 죽여 온 마황, 그로 인해 살아온 일천 번의 삶.
죽음은 안타까워하거나 슬퍼하는 기색 없이 이야기를 경청했다.
"아침이다. 어서 걷자고."
이야기를 하다 보면 어느새 하룻밤이 지나 금방 동이 떠올랐다.
이곳에선 수면이 필요가 없었다.
"왜 밤에는 걷지 않지?"
"밤에는 명계로 가지 못하고 당신에게 원한을 품은 영혼들이 돌아다녀. 예전에 그 악한들처럼."
강윤수가 죽여 온 자들은 많았다.
카르테온이나 아르고릭처럼 후회 없이 죽은 자라면 괜찮았다.
그러나 그동안 보상을 위해 죽여 온 몬스터만 수천이 넘었다.
'밤엔 조심해야겠군.'
둘은 오래도록 걸었고 또 아주 오랫동안 이야기를 나눴다.
강윤수가 목을 칼칼해할 때면 죽음은 차가운 술병을 건네줬다.
갑자기 술을 어디서 가져왔는지 몰랐으나 강윤수는 묻지

않았다.

"결국 난 누구도 지키지 못했다."

강윤수는 술을 한 모금 삼켰다.

"난 실패했다. 마황에게 조금 상처를 입히는 것이 고작이었다."

두 모금, 세 모금, 네 모금.

술병이 빠르게 비어갔다.

"일만 번째 삶의 나는 내게 운명을 부수라고 말했다. 그러나 나는 그것에 대한 답을 찾을 수 없었다."

술병은 완전히 비어졌다.

죽음은 갑자기 질문해 왔다.

"당신이 원하던 죽음이었나?"

"아니."

강윤수의 목소리가 깊어졌다.

"나는 그렇게 죽고 싶지 않았다."

그는 빈 병을 바라보며 말했다.

"아니, 나는 그렇게 죽지 말았어야 했다."

그의 어조는 점차 확고해졌다.

"맞아. 난 되돌아가야 해. 되돌아가서 마황과 싸워야만 한다. 여기서 이러고 있을 때가 아니었어."

그때 죽음이 뜻밖의 말을 꺼냈다.

"그럼 왜 당신은 이곳에 왔나?"

"……그게 무슨 소리지?"

바로 그때였다.

둘 사이에 놓여 있던 불가가 갑자기 꺼졌다.

갑자기 닥쳐온 어둠과 함께 수많은 원혼이 나타나기 시작했다.

어둡고 한데 뭉친 원혼들은 구별하기 어려웠으나 원한이 사나웠다.

“크르르륵-!”

“날 죽인 그 사악한 사기꾼이다!”

“저놈을 당장 소멸시켜 버려-!”

강윤수는 곧장 일어났다.

그러나 그에겐 무기가 없었고 오른팔마저 손실된 상태였다.

원혼들이 들이닥칠 때였다.

죽음이 한 발 앞으로 나섰다.

어느새 청년의 연두색 눈동자는 짙은 초록색으로 바뀌어 있었다.

죽음이 손을 휘저었다.

파앗.

일순간 들이닥쳐 오던 원혼들이 갑자기 사라져 버렸다.

강윤수가 그들이 사라진 자리를 보면서 물었다.

“무슨 짓을 한 거지?”

“강제로 명계에 보냈어. 딱히 내키는 행위는 아니군. 뭐, 원래 명계로 가야 할 것들이었으니 중립을 어기는 짓은 아니지만…….”

죽음은 뭔가 못마땅했는지 코를 찡그렸다.
어느덧 해가 밝아왔다.
"벌써 아침이군. 걷자."
죽음이 앞장섰다.
강윤수는 말없이 그 뒤를 따랐다.
수없이 걸은 뒤에 그들은 황무지의 끝에 도달했다.
황무지의 끝은 완전히 다른 세상처럼 불투명했다.
"그럼 나와는 여기까지로군. '저 너머'부터는 당신한테 달려 있어."
강윤수는 죽음을 바라봤다.
"전에 했던 말은 무슨 의미였지? 내가 스스로 이곳에 왔다니?"
"당신은 최후에 죽음을 받아들였어. 그래서 여기로 오게 된 거야."
강윤수는 최후에 죽음을 맞이했다.
입으론 죽이겠다고 소리쳤다.
그러나 속내로는 결코 마황에게 이길 수 없다고 느끼고 있었다.
최후에 가서 마침내 마황에게 졌음을 인정하고만 것이다.
강윤수는 죽음에게 말했다.
"이제 네가 누군지 알겠군."
그는 죽음의 눈동자를 봤다.
사뭇 익숙한 초록색 기운.
강윤수가 정중하게 말했다.

"과거 소환뼈로 당신의 권능을 빌린 적이 있었습니다, 명계왕."

잠시 침묵이 흘렀다.

명계왕은 처음으로 옅게 웃었다.

그러나 그것은 냉소에 가까웠다.

"나에 대한 해석은 그대의 자유다. 일천 번 사는 남자여."

강윤수가 침착히 물었다.

"어째서 날 도왔습니까?"

"도와주다니. 천만에. 나는 누구에게나 평등하다. 죽음인 것을."

명계왕은 그를 가리켰다.

"다만 그대는 죽지 않았음에도 이곳에 왔다. 그러니 그대를 추방하기 위해 잠시간 동행했을 뿐이다."

"제가 죽지 않았단 말입니까?"

강윤수는 분명히 마황의 손아귀가 자신에게 내려오는 것을 봤다.

그러나 명계황은 긍정했다.

"그대가 살아 있으니 내가 여기서 추방시키려는 것이지."

강윤수는 불현듯 의심스러웠다.

"명계왕, 당신은 정상의 존재입니까?"

과거 실피아는 말했다.

'전지전능'은 신이 아니라 누구도 모르는 정상의 존재의 것이라고.

그러나 명계왕은 고개를 저었다.

"나는 그저 전 차원의 죽음을 관장하는 존재다. 다만 그대는 내가 눈여겨보는 일곱 명 중 한 명이지."

명계왕의 전신이 초록색 불꽃에 휩싸여 정장이 완전히 타버렸다.

몸의 반쪽은 백골로 변했고 온몸에 칠흑의 로브를 둘렀다.

"차원마다 흥미로운 자들은 많지. 개중에는 그대만큼 미친 작자도 있고. 난 그저 방관할 테지만 언젠가 모두가 모이는 광경을 보고 싶군."

강윤수는 고개를 숙였다.

"당신에게 감사합니다, 명계왕."

명계왕과 얘기했던 동안 혼란스러웠던 마음이 정리가 됐다.

"난 그저 들어줬을 뿐이다."

"그것만으로도 도움이 됐습니다."

명계왕은 클클 웃었다.

"설마 실피아에게 그토록 당돌하게 굴었던 그대에게서 그런 말을 들을 줄은 몰랐군. 그럼 어서 꺼져라. 여긴 그대가 있을 곳이 아니니."

명계왕의 모습이 사라졌다.

강윤수는 혼자 남았다.

그는 황무지 끝으로 발을 디뎠다.

깊고 어두운 공간.

강윤수는 그곳을 끝없이 걸었다.

아무것도 보이지 않았지만 그는 침착히 앞으로 나아갔다.

어느 순간부터 한 걸음씩 걸을 때마다 주변에 빛이 어렸다.

'첫 번째 삶.'

강윤수는 멈춰 섰다.

대장장이로 혹독히 고생만 하다가 허무히 죽었던 삶이 비춰졌다.

그는 한 걸음 더 나아갔다.

'두 번째 삶.'

용병단의 대장으로서 최전방에서 싸우다가 전사했던 삶이 그려졌다.

강윤수는 계속 나아갔다.

걸으면 걸을수록 그의 눈앞에 지나온 삶들이 스쳐 지나갔다.

'세 번째 삶, 네 번째 삶…….'

과거의 삶에서 겪었던 회한, 행복, 허무, 후회를 전부 회상했다.

'72번째 삶, 73번째 삶…….'

동료들과 함께해서 행복했고 미지의 대륙을 떠돌며 즐거워했다.

'198번째 삶, 199번째 삶…….'

과거의 경험을 이용해 한 분야의 정점에 올랐다.

'341번째 삶, 342번째 삶…….'

물론 좋은 기억만 있진 않았다.

'466번째 삶, 467번째 삶…….'

수없이 죽을 뻔하기도 했고 누군가에게 상처를 입은 적도 많았다.

'617번째 삶, 618번째 삶…….'

반대로 누군가에게 상처를 입히거나 격노로 죽여 버린 일도 잦았다.

'729번째 삶, 730번째 삶…….'

마황에게 죽을 때마다 세상이 멸망할 때면 가슴이 지독히 아려왔다.

'834번째 삶, 835번째 삶…….'

동료들이 죽고 나면 세상에 홀로 버려진 듯한 기분이 들었다.

'920번째 삶, 921번째 삶…….'

하지만.

'998번째 삶, 999번째 삶.'

그에겐 모두 버릴 수 없는 기억이었다.

강윤수는 마지막 한 걸음을 남겨두고서 멈춰 섰다.

그의 뒤에서 익숙한 목소리가 들려왔다.

"아직도 날 잊지 못했네요."

강윤수는 돌아보지 않았다.

그의 뒤편에서 사람의 그림자가 꿈틀대며 일어났다.

그와 샤네트가 낳았던, 지금은 죽어버리고 없는 자식.

아무리 잊으려 해도 끊임없이 나타나 그를 괴롭히는 기억의 잔재.

언젠가 꿈에서 나타났던 저 존재에게서 들었던 말이 있었다.

"……포기하세요."

"당신은…… 놓아줘야만 해요."

그때는 저 목소리를 완벽히 들을 수 없었다.

그러나 지금은 세상 그 무엇보다 또렷한 목소리가 들려왔다.

"행복을 포기하세요."

"당신은 과거를 놓아줘야만 해요."

강윤수는 돌아보지 않고 말했다.

"이미 그러기로 결심했다."

그는 운명을 부숴야만 했다.

마황을 죽이기 위해.

그러니 마음가짐을 고쳐야 했다.

어째서 마황을 죽이고도 자신이 행복한 삶을 살려고 한단 말인가.

마황을 죽이기 위해선 자기 자신의 욕망을 버려야만 했다.

그것이 설령 스스로의 행복을 완전히 부숴 버리는 희생일지라도.

그는 자신이 바라왔던 삶을 포기했다.

그러자 역설적이게도 마황을 죽일 수 있다는 확신이 들기 시작했다.

'……일천 번째 삶.'

강윤수는 마지막 걸음을 디뎠다.

강윤수는 천천히 눈을 떴다.

그리고 자신이 살아 있음을 깨달았다.

"크롸아아악-!"

갈라지는 울음소리가 터졌다.

마황의 손아귀로부터 드래곤이 그를 지켜내고 있었다.

네버데드 드래곤이었다.

"크뤄허허헉-!"

그러나 네버데드 드래곤조차 마황의 힘은 당해낼 수 없었다.

블러드 브레스까지 뿜으며 저항해도 고작 몇 초 버티는 것이 다였다.

마황은 생채기 하나 입지 않고서 네버데드 드래곤을 박살냈다.

파각!

암회색 드래곤이 나가떨어지며 부서져 버렸다.

네버데드 드래곤은 갈라지는 몸뚱이를 일으키려 했다.

그러나 몸은 자꾸 부서져 내렸다.

최후에 네버데드 드래곤은 희미한 눈동자로 강윤수를 바라봤다.

"내 기억을…… 되찾으려면 노인네가 필요합니다. 그래서 구하려 했으나…… 저런 존재에게선 결코 살아남을 수 없습…… 크허허헉-!"

끝끝내 네버데드 드래곤이 흔적조차 남기지 못하고 파괴되어버렸다.

불사의 권능을 지닌 네버데드 드래곤조차 마황에게 죽고 말았다.

강윤수는 네버데드 드래곤의 최후를 머릿속에 새겼다.

'기억.'

네버데드 드래곤은 기억을 되찾고자 목숨을 걸고서 그를 구했다. 감히 마황에게 대적할 정도로 과거의 기억이 소중했던 것이다.

그것은 강윤수도 마찬가지였다.

그러니 이젠 각오해야만 했다.

『최후를 맞이하라. 약한 자여.』

마황의 손아귀가 다시 내려왔다.

그러나 강윤수는 피하지 않았다.

그는 그저 올곧이 서 있었다.

그를 구하기 위해 달리던 샤네트가 목청껏 비명을 질렀다.

"안 돼!"

그러나 마황의 힘은 다가오는 일행들을 모두 쳐냈다.

마황의 시선은 강윤수에게만 집중되어 있었다.

그런데 바로 그때였다.

마황이 그를 향해 내리꽂으려던 손아귀를 거두었다.

『기색이 달라졌군.』

그 목소리에 감정은 없었다.

그러나 마황은 그를 당장 파괴하려들지 않았다.

하지만 어딜 봐도 강윤수에게 달라진 점이라곤 찾을 수 없었다.

그는 여전히 만신창이였다.

사라진 팔과 복부가 꿰뚫린 상처에서 피가 쉼 없이 흘러나왔다.

그러나 강윤수는 초연했다.

그가 침착히 입을 열었다.

"너에게 사과한다. 마황."

『무엇을 말인가.』

"나는 약했다."

강윤수의 태도가 달라졌다.

격정적인 분노나 혼란이 없었다.

그의 모습엔 감정 그 자체를 초월한 차가움이 깃들어 있었다.

"나는 수없이 회귀해도 널 죽이지 못했다. 상처조차 제대로 입히지 못했다. 난 네 상대가 되지 못했고, 지금까지 줄곧 널 실망시켰다."

강윤수는 마황을 똑바로 봤다.

"그러니 이젠 기뻐해라. 나는 이제야 널 죽일 수 있게 되었다."

『우습군. 진심으로.』

마황의 가느다란 일곱 개의 눈동자가 그에게 다가왔다.

『난 이미 너의 힘을 시험했다. 넌 내 상대가 되지 못한다.』

마황의 말은 사실이었다.

강윤수는 이제까지 살아오며 가장 강대한 파괴신이 되었다.

그러나 마황에겐 속수무책이었다.

『그런데도 날 무슨 수로 죽이겠단 건가?』

강윤수는 생각을 거듭했다.

그리고 지금까지 겪어온 모든 경험으로부터 결실을 추출했다.

일만 번 회귀한 흰 그림자는 말했다. 대륙을 지키려면 그에 걸맞은 무언가를 희생해야만 했다고. 흰 그림자는 그것을 알지 못했고 결국 혼자서 마황을 죽이지 못했다.

그러나 바로 이 순간.

강윤수는 자신이 무엇을 희생해야 할지 확실히 알고 있었다.

"2만 년의 세월."

마황의 눈이 돌연 차가워졌다.

강윤수가 확고히 선언했다.

"나는 그동안 살아온 2만 년의 세월을 바쳐 널 죽이겠다."

『헛된 발악이다. 그럼으로써 바뀌는 것은 없다. 멸할 자여.』

마황의 손아귀가 세차게 내려왔다.

믿을 수 없는 일이 벌어진 것은 바로 그 순간이었다.

콰자작!

마황의 손이 부서져 버렸다.

강윤수에게 내려친 손아귀가 도리어 산산조각이 나버렸다.

그에 반면 그의 몸은 멀쩡했다.

그럼에도 불구하고 강윤수는 태연한 눈동자로 마황을 바라봤다.

마황은 공격을 멈추고 말했다.

『너의 말이 진실이었군. 나의 몸이 부서진 것은 이번이 처음이다.』

마황은 일곱 눈동자로 자신의 부러진 팔을 바라봤다.

한동안 침묵이 흘렀다.

그러다 갑자기 스산한 굉음이 주변에 울리기 시작했다.

마황이 마침내 입을 열었다.

『과연 너를 선택하길 진심으로 잘했다는 생각이 들었다. 강윤수.』

마황이 그의 이름을 부른 것은 이번이 처음이었다.

어쩌면 이 스산한 굉음이 마황의 웃음이 아닐까 의심이 들었다.

굉음은 커져 갔고, 마황의 목소리 역시 점차 커다랗게 변했다.

『내게 대적하라. 날 쓰러뜨려라. 내게서 그간 쌓여온 울분을 풀기 위해 장렬히 복수하라.』

천지가 격동하기 시작한다.

마황의 팔들이 사방에 흩어진다.

지금껏 뭉쳐 있던 살기가 단박에 눈앞으로 펼쳐진다.

맞서는 것만으로 부서질 듯한 막대한 힘이 강윤수를 압도하려 했다.

세상을 찢는 고함이 울려 퍼졌다.

『자, 나를 참혹히 죽여 봐라!』

강윤수는 온몸에서 피를 흘리면서 눈앞의 마황에게 대적했다.

만신창이인 몸이었지만 조금도 아픔이 느껴지지 않았다.

오히려 이제껏 존재하지 않았던 힘이 그에게 더해지고 있었다.

그리고 깨달았다.

'기억이 힘으로 바뀌고 있다.'

강윤수는 2만 년의 세월을 바쳐서 마황을 죽이기로 했다.

그렇게 결심한 순간 자신이 살아온 세월이 그에게 힘이 되어줬다.

「당신이 몸소 겪어온 20,005년의 기억이 힘으로써 변화합니다.
그러나 이후에 기억상실과 끔찍한 후유증에 시달리게 될 것입니다.」

마황의 팔 수십 개가 다가왔다.

강윤수는 잘린 팔을 내뻗었다.

분명히 팔은 부서져 버린 뒤였다.

하지만 지금은 없는 오른팔이 마치 있는 것처럼 느껴졌다.

그는 존재하지 않는 오른쪽 주먹을 힘껏 휘둘렀다.

콰작.

짧은 소리가 울렸다.

마황의 팔들이 예리한 검에 베인 것처럼 부서져 나갔다.

마황은 그를 죽이기 위한 힘을 매섭게 쏟아냈다.

지독한 살기가 그를 에워쌌다.

그러나 강윤수는 전진했다.

그가 보이지 않는 팔을 휘두를 때마다 마황의 몸이 찢겨 나갔다.

하늘 위에 군림한 마황일지라도 강윤수의 공격을 피하지 못했다.

콰작! 콰작! 콰작!

마황은 전력을 다하고 있었다.

천 번을 마주한 숙적은 그 어느 때보다 엄청난 힘을 뿜어냈다. 그러나 강윤수는 수없이 세상을 멸망시켜온 힘조차 눌러버렸다. 마황이 힘을 내리꽂고 팔을 휘둘러 강윤수를 죽이려 들었다.

그러나 그의 전진을 멈출 순 없었다.

반복된 회귀 끝에서 처음으로.

강윤수가 마황을 압도하고 있었다.

콰작! 콰작! 콰작! 콰작! 콰작!

마황의 몸이 흉측하게 부서졌다.
모든 팔은 잘려 나갔다.
마지막 팔 한 짝을 제외하고.
파괴신으로서 조그만 상흔을 남겼었던 바로 그 손아귀였다.
강윤수는 힘을 모조리 쏟아내서 그 상흔을 찢어버렸다.

콰자자작—!

그 옮은 상처가 점차 크게 벌어지기 시작했다.
점차 갈라지더니 나무뿌리처럼 마황의 몸속 깊숙이 피해가 갔다.
천지가 울리고 비정상적인 몸뚱이가 격하게 부서진다.
마황의 일곱 눈이 터져 나갔다.
온 세상을 뒤흔들 정도로 끔찍한 비명이 울려 퍼졌다.
『크허어어헉!』
마황의 몸이 급격하게 갈라졌다.
세상이 뒤흔들린다.
마황이 최후의 한마디를 남겼다.
『이것이…… 진정한 죽음이군. 결코 후회 없는…… 싸움이었다.』
"……이젠 지긋지긋해."
수없이 맞이해 온 죽음.
천 번의 삶.
강윤수는 종지부를 찍었다.

“여기서 끝내겠다.”
그가 주먹을 세차게 내려쳤다.
마황의 몸이 산산이 으깨졌다.

「마황을 죽였습니다!
절대적인 존재를 죽여 전 차원에 당신에 관한 명성이 퍼지게 됩니다.
실피아 대륙의 정해진 운명을 당신의 손으로 부숴 버렸습니다.
모든 세계가 파멸을 모면합니다.
그러나 앞으로 대륙이 어떤 운명을 맞이할지 알 수 없습니다.」
「다른 세상으로부터 온 여행자들의 최종 목표를 이뤘습니다!
여행자들이 현실로 귀환합니다.」
「신(대리직) 직업이 없어집니다.
신력이 여신에게로 돌아갑니다.」
「【전설 의뢰-최종장 대륙을 지키는 자】를 완료했습니다!
모든 전설 의뢰를 최초로 완수해 막대한 보상이 주어집니다…….」

강윤수는 문구를 읽을 수 없었다.
몸에서 모든 힘이 빠져나갔다.
머릿속이 새하얘졌다.
강윤수는 쓰러졌다.
뒤로 쓰러지면서 자신에게 뛰어오는 일행이 희미하게 보였다.
“강윤수 님!”

최후에 그녀의 목소리를 들었다.

강윤수는 의식을 잃어버렸다.

마황을 죽이고 나자 일행은 거신들의 마탑에서 대륙으로 귀환했다.

그러나 기사단과 조우했던 안개 낀 케르바스 산맥은 아니었다.

어느 외딴 숲에 일행은 소환됐다.

"어서 강윤수를 치료해야 한단다!"

"포션 전부 다 꺼내세요!"

헨릭이 주위를 재빨리 살폈다.

"산길로가 없는 걸로 봐선 인가가 근접한 숲은 아닌 것 같다. 그래도 혹시 모르니까 응급조치하는 동안 너흰 주위에 좀 살펴보고 와라."

"카르르릉-!"

"최대한 빨리 다녀오겠다."

화이트가 꼬마 리치를 태우고 질풍처럼 달려갔다.

샤네트가 응급조치를 취하는데도 강윤수는 눈을 뜨지 않았다.

잘려나간 팔과 복부의 상처에서 흐른 피가 막대했다.

거기다가 마황과 싸우면서 생긴 상처들도 많았다.

샐리가 울면서 그에게 매달렸다.

"아빠! 죽으면 안 돼!"

"너, 자꾸 그딴 개소리할래?"

아클이 날카롭게 쏘아붙였다.

샤프랑 라이트도 포션과 붕대를 배낭에서 찾아내며 치료를 도왔다.

"후. 빌어먹을. 날씨는 또 왜 이렇게 추워? 너희, 불 좀 피워라."

헨릭이 먹구름 낀 하늘을 올려다보며 입술을 씹었다.

추운 날씨가 피를 쏟은 환자에게 이로울 리 만무했다.

샤프가 나무를 베어왔고 샐리가 불꽃을 뿜어서 모닥불을 지폈다.

샤네트는 의식을 잃은 강윤수의 상처에 계속 포션을 문질렀다.

'죽지 마세요. 제발요. 제발…….'

응급조치는 오래 이어졌다.

강윤수에게 모포를 덮게 하고 몸을 최대한 따뜻하게 유지했다.

지금은 그게 최선이었다.

붕대를 매듭짓던 아이리스가 소리친 것은 바로 그때였다.

"강윤수가 깨어났단다!"

그들은 서둘러 그 주위로 모였다.

의식을 잃고 있던 강윤수가 희미하게나마 눈을 떴다.

샤네트는 몸을 떨다가 도저히 참지 못하고 그를 꼭 껴안았다.

"해내셨어요. 강윤수 님이 전부 지켜내신 거예요. 우리도,

세상도."

그러나 강윤수의 반응은 묘했다.

샤네트는 그와 맞닿은 뺨에서 차갑게 흐르는 액체를 느꼈다.

강윤수는 감정 없는 얼굴로 눈물을 흘리고 있었다.

"강윤수 님……?"

그는 샤네트를 바라보았다.

그리고 천천히 시선을 옮기며 일행을 번갈아가면서 보았다.

강윤수가 힘겹게 입을 열었다.

"당신들…… 누구지?"

"네……? 무슨 말씀이세요?"

"모르겠어."

뼈가 시리도록 추운 날씨.

하늘에서 눈이 내리기 시작했다.

새하얀 눈송이가 허공에서 너풀거리며 그들에게 내려앉았다.

"아무것도…… 기억나지 않아."

그의 눈동자엔 생기가 없었다.

얼굴은 어느 때보다 무표정했다.

그저 눈물만을 계속 흘렸다.

"내가 왜 여기서 울고 있는지도…… 당신들이 누구인지도…… 모르겠어."

첫눈이 내려오는 날.

강윤수는 마황을 죽였다.

그러나 모든 것을 잊고 말았다.

8장

모든 것을 잊은 자

모든 것을 알았던 자가

이젠 모든 것을 잊어버렸구나.

-아이리스

사내의 일상은 단조로웠다.

그는 하루 4시간만 활동했다.

그 외의 일상은 수면 시간이었다.

그렇게라도 자두지 않으면 머리가 아파 견딜 수 없었다.

'아침이다.'

사내는 자신의 이름을 잊었다.

과거에 무엇을 했는지도, 누구와 어울렸는지도 기억하지 못했다.

그저 삶의 규칙을 정해뒀고 항상 그에 따라 생활했다.

“산책 가시려구요?”

사내가 고개를 약간 끄덕였다.

침대에서 적갈색 머리칼의 미인이 눈을 비비며 자신을 바라봤다.

그녀는 몹시 아름다웠으나 얼굴에 약간의 화상 자국이 있었다.

그러나 사내는 그것이 흠이라는 생각은 하지 않았다.

“같이 가드릴까요?”

사내는 고개를 저었다.

끼이익.

문을 열고 집을 나섰다.

몹시 추워서 입김이 다 나왔다.

사내는 잠시 집을 돌아봤다.

낡지도 크지도 않은 거택.

‘오늘은 어디로 가지?’

스스로에게 되물었으나 평소처럼 그저 걷기로 했다.

사내는 하루에 깨어 있는 4시간을 대부분 산책으로 활용했다.

어느 곳이든 걷다 보면 왠지 잊었던 기억이 떠오를 것 같았다.

정처 없이 걸으니 어느새 그는 시장을 배회하고 있었다.

“이보게. 거기 청년. 여기 맛좋은 석류 좀 보고 가.”

시장 한복판에 좌판을 깐 노점상이 그의 이목을 잡았다.

"한겨울인데도 아주 새빨간 알갱이가 보석 같지? 흐흐. 이게 바로 겨울에만 나는 희귀품종이야. 딴 데선 사고 싶어도 없어서 못 산다고."

사내는 집에 있는 화상 자국의 여인이 떠올랐다.

자신을 보살펴주는 그녀에게 선물을 하고 싶었다.

"얼마…… 입니까."

사내의 목소리는 쇠를 긁는 것처럼 힘겨운 음색이었다.

노련한 상인은 사내의 눈치를 슥 살폈다가 재빨리 말했다.

"흐음. 이게 보통 귀한 석류가 아니라서 말이야. 거기다 겨울철은 원래 과일값이 금값 아니겠나. 석류 세 개에 은화 두 닢은 줘야겠네."

사내의 품에 자신을 도와주는 사람들이 준 돈주머니가 있었다.

주머니에서 은화 두 닢을 꺼내려고 했으나 손이 떨렸다.

"허이고. 어찌 된 게 그 나이에 자기 돈도 제대로 못 꺼내나."

상인이 안타까운 눈초리로 혀를 찼다.

사내는 은화 두 닢을 꺼내려다가 손이 떨려서 모두 떨어뜨렸다.

그리고 다리를 부르르 떨다가 쓰러져서 구토하고 말았다.

"아이고! 이게 뭔 일이야!"

사람들의 시선이 집중됐다.

사내는 쓰러져서 입에 거품을 물며 경련했다.

상인은 어쩔 줄 몰라 하다가 곧 얼굴을 굳혔다.

"다들 뭘 그리 열심히들 보고 있어? 좋은 구경이라도 났나! 응?"

사람들은 그제야 딴청을 피우며 제 갈 길을 갔다.

상인은 청년을 이목이 끌리지 않는 곳으로 데려가 눕혔다.

숨쉬기 좋게 눕혀놓자 사내는 곧 있어 정신을 차렸다.

"감사…… 합니다."

사내는 하루 4시간을 깨어 있으나 고통에서 자유롭진 못했다. 간혹 두통뿐만 아니라 격렬한 구역질까지 그를 괴롭혔다. 상인은 사내를 보다가 한숨을 쉬고 더럽혀진 옷을 닦아줬다. 그리고 조그만 바구니에 석류를 주섬주섬 담아서 줬다.

사내가 의아스러워하자 상인이 눈살을 찌푸리며 화를 냈다.

"이 멍청한 친구야. 사실 이거 석류 열 개에 은화 한 닢도 하지 않아. 자네가 정신이 박약해 보여서 가격 좀 후려치려고 했던 거라고. 몸이 아프면 집에서 좀 쉬어. 괜히 나 같은 놈한테 당하지 말고."

사내는 감사 인사를 하고 오른팔로 석류가 담긴 바구니를 들었다. 사내의 오른팔은 의수였지만 자기 신체처럼 자유롭게 움직였다.

그러나 자신이 왜 오른팔이 없는지는 알 수 없었다.

"다녀오셨어요?"

사내는 집에 돌아왔다.

화상 자국 여인은 식사를 준비하고 있었다.

다른 한 사람도 집에 와 있었다.

화상 자국 여인과 마찬가지로 빼어나게 어여쁜 미인이었다. 그녀는 탁상에서 글을 쓰고 있다가 고개를 들었다.

"강윤수가 오늘은 일찍 돌아왔구나!"

그녀가 이름을 불러줘도 사내는 낯설 뿐이었다.

강윤수.

그것이 자신의 이름인가?

그녀가 사뿐사뿐 걸어와 사내를 꼭 끌어안아 줬다.

"오늘 하루도 즐거웠느냐?"

사내는 고개를 약간 끄덕였다.

석류 바구니를 내밀자 그녀가 환하게 웃었다.

강윤수는 화상 자국 여인의 도움을 받아 옷을 갈아입었다.

세 사람은 간략한 식사를 마쳤다.

사내는 두통이 시작됨을 느꼈다.

"괜찮으세요?"

화상 자국 여인이 물었다.

사내는 고개를 억지로 끄덕였다.

침대로 다가가자 옅은 술 냄새가 풍겼다.

"……."

화상 자국 여인은 언제나 침대맡에 술을 한 잔 떠놓았다.

향기만 맡아도 속이 느글거릴 정도로 독주였다.

사내는 그녀에게 언제나 고마웠지만 이런 면으론 짜증이 났다.

"싫어한다고…… 했잖아."

사내는 술을 마시면 머리가 지독히 아파왔다.

거기다 씁쓸한 맛이 그다지 취향에 맞지도 않았다.
어지간히 미친 사람이 아니고서야 이런 걸 좋아할 리 없었다.
그녀는 어째선지 슬프게 미소 지었다.
"……맞아요. 그랬었죠."
사내는 침대에 누웠다.
벌써부터 머리가 깨질 것 같았다.
아직 해가 중천이었다.
모두가 활발히 움직일 시간.
사내는 홀로 고통스럽게 잠에 들었다.

한밤중.
중년이 문을 박차고 들어왔다.
"어떻게 되셨어요?"
"말도 마라. 마법학회, 각종 의사, 암시장 세 군데를 쭉 돌아다녔는데 기억 찾는 방법은 전혀 없너라."
헨릭은 무척 피곤했는지 의자에 털썩 걸터앉았다.
"젠장. 정말 답이 안 나오는군. 저놈 상태는 좀 어떠냐?"
그가 턱 끝으로 침대에서 잠든 사내를 가리켰다.
"여전해요. 항상 구토랑 경련이 잦아요. 하루 대부분은 잠을 자고 있구요. 그리고 아무리 설명해도 저희를 기억하지 못하세요."
마황이 죽고서 20일이 흘렀다.

일행은 강윤수의 기억을 되찾기 위한 방법을 수소문하고 있었다. 소환수들도 함께하고 싶어 했지만 그건 너무 눈에 띄는 일이었다. 일행은 산맥에서 황실의 제5기사단을 몰살한 전적이 있었다. 물론 기사단이 먼저 그들을 죽이려 했지만 범법 행위를 한 것이다.

함부로 주의를 끌었다가 황실의 표적이 되어선 곤란했다.

"싫어! 아빠랑 같이 있을 거야!"

"그래도 안 돼. 샐리."

"히잉……. 훌쩍!"

소환수들은 우선 소환계로 돌아갔고 네 사람은 거처를 잡았다.

레오르칸 제국의 수도 데페론.

강윤수의 기억을 되찾기 위해선 수도를 뒤져야만 했다.

하지만 그들이 수소문하고 다녀도 지금까지 소득은 없었다.

아이리스가 걱정스러운 눈초리로 강윤수를 바라봤다.

"강윤수가 요즘 혼자 자주 나갔다고 들어오곤 한단다. 그러다 황실에 붙잡히면 어쩌느냐?"

"그건 걱정 마라."

헨릭이 까칠하게 자란 턱수염을 긁적였다.

"뤼미에르가 죽은 다음 키시프란 여제도 사라졌다고 한다. 아무래도 가짜를 세워뒀던 모양이지. 그래서 지금 황실은 혼란 그 자체다. 두 번씩이나 권력자를 잃었으니까. 귀족들이 권력 싸움하는 데만 온 신경이 쏠려 있지."

헨릭은 목이 탔는지 품에서 술을 꺼내서 벌컥 들이켠 뒤 말했다.

"하여간 요새 범죄자는 늘어나고 경비대는 눈에 띄게 줄었어. 그리고 제5기사단 관련으론 이미 적당한 사람을 포섭해 놨다."

"누구 말이니?"

바로 그때였다.

누군가 문을 두드렸다.

헨릭이 몸을 일으켰다.

"아주 딱 맞게 왔군."

그가 문을 열자 익숙한 얼굴이 보였다.

한세현.

백사자 클랜 대장이었다.

"안녕하십니까? 너무 늦게 찾아와서 실례가 아닌지 모르겠군요."

"거, 엄청나게 실례요. 그러니 빨리 들어오기나 하쇼."

샤네트가 의자를 내주었다.

한세현은 감사 인사를 한 뒤에 의자에 앉아서 말했다.

"본론부터 얘기하죠."

"듣던 중 반가운 소리군."

"백사자 클랜의 정보망을 통해 입수한 사실입니다만, 제5기사단장 소든은 케르바스 산맥에서 돌아온 직후 은퇴했다고 합니다. 제5기사단도 제4기사단과 마찬가지로 사고사로 처리되었더군요. 죄목을 걱정하실 필요는 없으실 것 같습니다."

일행은 안도의 한숨을 쉬었다.

한세현은 미소 지었다.
“그리고 부탁하신 기억을 되찾는 방법에 관해서입니다.”
“어떻게 됐나요?”
샤네트가 간절히 물었다.
한세현은 자세히 설명했다.
“고대서적에서 기억에 관한 내용을 찾긴 했습니다. 오랜 경험이 담긴 물건에 접촉하면 기억을 일시적으로 되찾을 수 있다고 합니다. 고대에 있던 드래곤 멸망룡도 수면기에 들었다가 깨어나면 과거 자신이 그렸던 그림을 보고서 기억을 되찾았다고 하더군요. 그러나 ‘오랜 경험이 담긴 물건’의 정의도 불확실하고 확정되지 않은 방법입니다.”
한세현은 담담히 결론지었다.
“그 외엔 소득은 없었습니다. 어떤 서적에서도 기억상실을 완전히 회복하는 방법은 찾지 못했습니다.
분위기가 무거워졌다.
샤네트가 망설이다가 말했다.
“어쩌면…… 기억을 찾지 않는 게 강윤수 님을 위한 걸지도 몰라요.”
“그게 무슨 소리냐?”
헨릭이 얼굴을 구겼다.
그러나 샤네트는 점차 확신하며 의견을 표출했다.
“생각해 보세요. 강윤수 님은 그동안 천 번이나 살아오셨어요. 2만 년이 넘는 아득한 세월이에요. 평범한 사람이라면 그 정도 기억을 갖고 있는 것만으로도 미쳐 버리고 말아요.”

그녀는 잠에 든 강윤수의 손을 매만졌다.

"그러니…… 어쩌면 이대로 두는 게 강윤수 님을 위한 걸지도 몰라요. 물론 몸은 괴롭고 힘들지만 이제야 모든 걸 잊고서 평범한 사람처럼 살아갈 수 있잖아요."

침묵이 감돌았다.

누구도 감히 샤네트의 말에 반박하진 못했다.

그때 한세현이 침묵을 깼다.

"제가 한 말씀 드려도 될까요?"

샤네트가 한세현을 바라봤다.

그는 헨릭을 통해서 강윤수가 회귀했단 사실을 예전에 알고 있었다.

모두가 그에게 집중했다.

"대륙에 왔을 당시에 여행자들의 단말기엔 이런 문구가 쓰여 있었습니다. '마황을 죽이면 현실로 귀환할 수 있다.' 실제로 마황이 죽고 난 뒤 여행자들 대부분이 사라졌습니다. 각자의 현실로 돌아간 것이죠. 그러나 우리처럼 대륙에 남은 여행자들도 분명 존재합니다."

한세현은 빙그레 웃었다.

"마황이 죽었는데도 저나 유시도 같은 자들은 원래 살던 세상으로 귀환하지 못했습니다. 어째서일까요?"

"모르겠어요."

샤네트가 고개를 가로저었다.

한세현은 진지하게 말했다.

"우리에겐 이곳이 현실이기 때문입니다."

샤네트가 손을 불현듯 떨었다.

"대륙에 남은 여행자들은 이곳을 선택한 겁니다. 원래 세상이 아닌, 실피아 대륙을 말이죠."

한세현은 확고히 말했다.

"나에겐 제국의 황제가 되고자 하는 숙원이 있습니다. 유시도 그 미친 녀석은 어째서 실피아 대륙에 남은 건지는 모르겠지만 나름의 이유가 있었겠죠. 다른 사람들도 마찬가지입니다. 대륙을 현실로 받아들인 자들은 합당한 이유를 가졌어요."

한세현은 곤히 자는 강윤수를 가리켰다.

"그에게도 분명 이유가 있을 겁니다. 대륙에 남아야만 하는 이유가."

샤네트가 강윤수의 손을 꽉 쥐었다.

한세현은 분명히 말했다.

"저라면 절대 잊고 싶지 않을 겁니다. 설령 기억을 잃었더라도, 반드시 다시 떠올리고 싶을 겁니다."

모두가 깨닫는 것이 있었다.

한세현은 자리에서 일어났다.

"저희를 도와주셔서 감사해요."

"천만에요. 저는 이기적인 사람입니다. 빚은 톡톡히 받아낼 겁니다."

한세현은 싱긋 미소 지었다.

"클랜원들 대부분이 원래 세상으로 귀환해서 백사자 클랜은 대륙인들과의 연줄로 버티고 있지요. 이젠 제 인내심도 바닥입니다. 언젠가 강윤수가 기억을 되찾으면 제게 말하세요.

당장에라도 멱살을 붙잡고 날 황제로 만들라고 윽박지를 테니까."

그는 헤어지는 인사를 건넨 뒤 집에서 나갔다.

시간이 흘러간다.

죄목을 걱정할 필요가 없어져 모두가 정보를 찾아서 수소문했다.

그러나 결실은 오지 않았다.

모두가 지쳐 갔고 강윤수의 몸 상태는 더욱 악화되었다.

경련은 잦아졌고 구역질도 하루에 네 번으로 늘어났다.

어느 날 아침이 밝았다.

모두가 피곤해서 늦잠을 잤다.

특히 아이리스는 탁상 위에 고개를 처박고 잠들어 있었다.

그녀가 질질 흐른 침이 쓰다만 잉크와 뒤섞여 탁상을 물들였다.

누군가 그녀의 필기장을 들었다.

그것은 일기였다.

다소곳한 필체로 쓰인 줄글.

그녀가 정성 들여 쓴 여행의 기록은 누가 봐도 훌륭했다.

독특한 문체와 명료한 묘사로 페이지를 넘기는 속도가 빨라졌다.

한 글자씩 읽을 때마다 일기에 담긴 경험이 머릿속에 빨려 들었다.

그들이 헤쳐 온 여정.

끝이 보이지 않았던 고통.

그가 대륙에 남아야만 했던 이유.

머릿속에 떠오른 생생한 경험들이 사라진 공백을 채워줬다.

마지막 페이지까지 읽고 일기장을 덮었을 때였다.

"꺄아아악!"

아이리스가 비명을 질렀다.

샤네트와 헨릭이 깜짝 놀라며 깨어났다.

"무, 무슨 일이에요?"

"젠장. 아침 댓바람부터 웬 비명이냐?"

아이리스가 뺨을 붉히며 달려들었다.

"강윤수가 내 일기를 읽었단다!"

그러나 사내는 아이리스의 돌진에도 불구하고 일기장을 지켜냈다. 심지어 그녀가 다가올 궤도를 읽어내고 미리 피하기까지 했다.

샤네트, 헨릭은 물론이고 벽면에 머리를 부딪친 아이리스도 놀랐다.

"강윤수 님……? 설마……?"

사내는 침대로 걸어갔다.

그리고 침대맡에 놓인 술잔을 들었다.

강윤수는 술을 마시고서 말했다.

"기억 돌아왔어."
세 사람은 눈을 크게 떴다.
잠시 침묵이 흘렀다.
샤네트가 더듬거리며 물었다.
"제, 제가 누구인지 아세요?"
강윤수는 세 사람을 천천히 가리켰다.
"샤네트 엘로그란. 헨릭 엘리커슨. 아이리스."
"몸은 괜찮으신 거예요?"
"평소대로야."
그 이상 물어볼 필요가 없었다.
샤네트가 그를 껴안았다.
"정말…… 큰일 나는 줄 알았어요. 제발 걱정 좀 끼치지 마세요."
강윤수도 나지막이 말했다.
"고마워."
아이리스가 훌쩍이면서 강윤수를 뒤에서 끌어안았다.
"강윤수가 기억을 되찾아 정말 기쁘단다!"
"숨 막혀."
그제야 두 여자가 그에게서 떨어졌다.
헨릭은 픽 웃었다.
"이제야 좀 늘어지게 자겠구만. 그런데 기억은 어떻게 되찾았냐?"
"아이리스의 일기를 읽었어."
"신기하군. 과거를 얘기해 줘도 기억은 못 찾지 않았냐? 그런데 일기장으론 기억을 되찾았다고?"

강윤수는 일기장에 손가락을 뗐다가 금방 다시 잡았다.

"그 대신 일기장을 놓아버리면 기억이 희미해져."

한세현은 말했다.

오랜 경험이 담긴 물건에 접촉하면 기억이 일시적으로 돌아온다고.

줄곧 여행해 오며 매일 애정을 담아 정성껏 여정을 기록한 책. 그래서 아이리스의 일기에 기억을 보존하는 힘이 생긴 것이다.

아이리스가 발개진 얼굴로 울먹였다.

"앞으로도 강윤수가 그 일기장을 계속 갖고 있어야 한다는 거구나."

"제가 나중에 파이를 구워드릴게요, 언니."

샤네트가 위로했다.

"그게 정말이니?"

상심해 있던 아이리스가 갑자기 눈을 반짝였다.

"그럼 이제 강윤수가 일기장의 새로운 주인이구나. 그러니 그 일기장에 이름을 지어주렴."

"인마, 뭔 일기장에 이름을 짓냐?"

헨릭이 어이없어했다.

그러나 아이리스는 단호했다.

"이름은 몹시 중요하단다."

"그래서 동물들한테 백설이나 녹두 같은 이름을 지어줬냐?"

아이리스는 빈정거리는 헨릭을 째려본 다음 강윤수에게 말했다.

"강윤수가 내게 아이리스란 이름을 지어줬듯 일기장에게도 좋은 이름을 붙여줬으면 좋겠구나."

강윤수는 고개를 끄덕였다.

적합한 이름이 떠올랐기 때문이다.

반복된 회귀 끝에 맞이한 일천 번째 삶에 관한 기록.

그 자신만을 위한 일대기.

환한 햇빛을 받으며 글씨가 빼곡히 적힌 페이지가 넘겨졌다.

"일천회귀록."

Epilogue:
그대가 바라온 삶

이성은 머릿속에.

감정은 가슴속에.

추억은 살아 숨 쉬는 모든 것에.

그래서 이야기는 끝나지 않는다.

영원히.

-작자 미상

천상.

실피아 여신은 예전 그대로 고고한 빛을 되찾았다.

천사들은 여신 주위에 머물렀다.

그중 유일하게 양 날개가 검게 변색된 천사가 무릎을 꿇었다.

"유리엘."

"네, 네! 여신님!"

유리엘이 눈물을 글썽였다.

그녀는 지상에서 실수로 무고한 자들을 죽이는 바람에 타락했다.

시간이 지나자 죄책감은 얼추 사라졌지만 날개는 여전히 검었다.

천사들이 그녀를 비난했다.

"유리엘은 금기를 어겼어요!"

"몰래 술을 마셨을 때부터 알아봤어요. 천사의 자격을 박탈하고 천상에서 추방시켜야 해요!"

실피아의 빛이 돌연 강해졌다.

"다들 조용히 해라."

그러자 천사들은 입을 다물었다.

유리엘은 마른 침을 삼켰다.

"유리엘, 네가 무고한 자들을 죽인 것이 결코 너의 자의가 아니었단 것을 알고 있다."

"여신님……."

유리엘이 감격하며 울먹였다.

"그러나 너의 타락을 내가 함부로 사해줄 순 없다. 네가 평소에도 금기를 자주 어긴 것도 사실이니."

"그렇다면……."

"너의 날개가 하얗게 돌아올 때까지 수호천사로서 봉사하라."

"누구의 수호천사 말인가요?"

실피아의 빛이 뭉그러졌다.

"누구이겠느냐. 감히 신까지 이용하며 세상을 지켜낸 남자 말이다."

그제야 유리엘은 환하게 웃었다.

멸망사막.

파이어 트롤 무리는 잔뜩 긴장한 눈빛으로 낯선 종족과 접촉했다.

족장 야나크가 대표로 나섰다.

"너희들은 누구인가!"

칼도라 불린 티탄이 앞에 나왔다.

"우리는 티탄입니다. 고대부터 지하에서 살다가 올라온 종족입니다."

"그런가? 우리는 파이어 트롤이다! 멸망사막에는 무슨 볼일인가!"

"저희 티탄은 용암지대에서 살아온 종족입니다. 그래서인지 더운 사막은 티탄에게 적합합니다. 앞으로 이곳에 터전을 꾸리려고 합니다."

"좋다! 환영한다!"

수많은 티탄이 감탄했다.

"많이 걱정했는데 저희를 흔쾌히 받아주시는군요. 감격했습니다."

"물론 그냥 우리 영토에 살게 해주는 것은 아니다! 너흰 매주 우리를 위해 물 한 잔을 바쳐야 한다!"

그러자 트롤들이 우려를 표했다.

"야나크! 그건 티탄들에게 너무 가혹한 조건 아닌가!"

"저들도 새로운 환경에 적응하려면 힘이 들 것이다! 너무하다!"

그러나 야나크는 족장답게 냉혹한 트롤이었다.

"이 정도 조건은 당연하다! 이젠 우리도 받아야 한다! 항상 착하게 살아서 손해만 봤다!”

칼도는 싱긋 웃었다.

“물 한 잔이요? 매주 마다 물 서른 통을 드릴 수도 있습니다.”

“허허헉!”

야나크는 턱이 빠질 정도로 경악해 버렸다.

“저희 티탄은 지반 개발에 익숙합니다. 이 사막엔 샘물이 숨겨진 곳이 아주 많더군요. 저희 티탄이 오랜 시간 노력하면 이곳을 옥토로 바꿀 수 있을 것 같습니다.”

“서, 서른 통은 너무 많다! 열 통만 줘라! 엘프들에게도 나눠줘야 한다!”

“당연히 그렇게 하겠습니다.”

“필요한 게 있으면 언제든 말만 해라! 우리가 전부 갖다 주겠다!”

야나크와 칼도는 악수를 나눴다.

황궁의 뒷문정원.

올해로 여덟 살이 된 토미가 기사단장 헬킨을 올려다봤다.

“할아부지.”

“왜 그러느냐.”

“나, 커서 뭐가 될까?”

“할아비처럼 기사는 어떠하냐.”

"피 튀기는 게 싫어."

"학자도 괜찮지."

"책도 못 읽겠어."

"조련사."

"토끼가 무서워."

"그럼 스스로 찾아내거라. 원래 진로란 그런 것이다."

그래서 토미는 열심히 주위를 둘러봤다.

하늘에 떠오른 태양을 보던 토미가 천진난만하게 중얼거렸다.

"신 같은 거 되면 좋겠다. 그럼 하고 싶은 거 다 할 수 있는데."

"할아비는 신을 베어봤다."

"와아! 진짜? 어땠는데?"

"손맛이 썩 훌륭하더구나. 근데 죽이진 못했다. 내장을 못 찢었어."

토미의 얼굴이 창백해졌다.

"나 집에 갈래!"

헬킨은 또다시 자신의 혀를 베고 싶은 충동을 느꼈다.

그때 급하게 달려온 레녹스가 땀을 닦으며 미소 지었다.

"토미랑 얘기 중이셨습니까?"

"하루의 낙이지. 무슨 일인가?"

레녹스가 웃음을 지우고 말했다.

"최근 왕위가 공석이 된 뒤부터 대륙 곳곳에서 심상찮은 일이 많습니다. 치안이 약화된 틈을 타서 온갖 범죄가 기승을 부리고 있습니다. 그런데 그중에서도 한 클랜의 동태가 몹시 수상하더군요. 이들이 벌이는 범죄행각은 차원이 다릅니다."

그가 굵은 서류를 넘겨줬다.

서류 사이엔 검은 호랑이 몽타주가 첨부되어 있었다.

"황실특별수사대 측에서 기사단에 협조를 구하고 있습니다."

헬킨은 그 문서를 훑어보곤 고개를 끄덕이며 일어났다.

"바빠지겠군."

두 기사는 황궁으로 향했다.

레녹스가 문득 물었다.

"그런데 그 남자는 어째서 묵인하셨습니까?"

"누구 말인가?"

"그, 무표정한 남자 말입니다."

헬킨은 기사단의 죽음을 사고사로 처리하고 유족에게 배상했다. 그러나 사실 시체로 발견된 기사단에겐 살해당한 흔적이 있었다.

유일한 생존자인 제5기사단장 소든은 증언을 거부하고 은퇴했다.

"그때의 기사단 임무는 여러 방면으로 옳지 않았다. 죄 없는 자를 어쩔 수 없이 죽여야 했지. 기사는 높은 자의 명령을 따라야 하니까."

헬킨은 칼자루를 만지작거렸다.

"하지만 이젠 왕위가 비었다."

레녹스는 그의 말을 이해했다.

케르바스 산맥에서 기사단의 목적은 의미가 불분명한 학살이었다. 아마 제5기사단은 정당방위에 의해 죽고 말았을 것이다.

헬킨은 모든 기사단을 아꼈으나 그들의 죽음에 미련을 갖지 않았다. 임무 수행 중의 사망은 기사들 모두가 각오하는 바였으니까.

그리고 왕위가 빈 지금, 기사들은 방황하고 있었다.

"기사란 왕을 모시는 존재지요."

"그래. 이제부터 우리는 기사단이 모실 새로운 왕을 찾아야 한다."

앞을 향해 걸어가는 헬킨의 발걸음에는 조금의 주저함도 없었다.

지하 200층.

조그만 요정이 짧은 날개를 퍼덕이면서 날아왔다.

"거신님! 거신님!"

"이 못된 꼬마 요정아. 네 녀석이 또 여기엔 무슨 볼일이더냐."

"흥! 기껏 와줬더니 그런 말이나 하다니. 퀴쇼는 실망했어요."

퀴쇼가 토라진 얼굴로 휙, 하고 고개를 돌렸다.

열화의 대장장이는 무심하게 망치질만 계속했다.

조수인 유령여인이 웃으면서 요정에게 다가왔다.

[제가 사과할게요, 퀴쇼. 오늘은 무슨 일로 오셨나요?]

"유령님은 착하니까 퀴쇼가 말해줄게요. 얼마 전에 인간님이 직접 지하로 내려와서 퀴쇼와 만났어요. 그리고 전해달라고 하는 물건이 있어서 힘들게 가져왔어요."

[인간님? 누구 말씀이신가요?]

"무표정하고 사악한 인간님이요!"

유령여인은 바로 이해했다.

[아아. 그분 말씀이셨군요. 무슨 물건을 전해달라고 하셨나요?]

"이 반지예요."

퀴쇼가 자기가 팔뚝에 차고 온 흑색 반지를 벗어서 내밀었다.

요정이 가슴을 펴며 으스댔다.

"너무 예쁘고 마음에 드는 반지라 욕심이 났지만 퀴쇼는 슬쩍하고 싶은 마음을 꾹 참고 가져왔어요!"

바로 그때였다.

천둥 같은 고함이 울렸다.

"그 반지는 무엇이냐-!"

"꺄아아악!"

퀴쇼는 겁에 질려서 벌벌 떨었다.

"이, 인간님이 가져다주라고 했어요! 퀴쇼는 아무 잘못 없어!"

"그 미친 자식이-!"

거신은 당장 망치를 높게 들어 흑색 반지를 깨부수려고

했다.
그런데 유령여인이 그를 말렸다.
[잠시만요.]
유령여인은 조심스레 바닥에 떨어진 반지로 손을 가져갔다.
[이 반지에서…… 낯설지 않은 영혼이 느껴져요.]
반지를 바라보던 유령여인의 눈빛이 변화했다.
[이건…… 생명억압반지야.]
그녀의 반투명한 손길이 닿는 순간 반지가 크게 흔들렸다.
그리고 검디검은 영혼이 나왔다.
순백 머리칼의 유령여인과는 대조적으로 검은 머리칼의 남자였다.
유령여인이 그를 바라봤다.
[……당신은.]
[날 기억하겠어?]
시리안이 슬프게 웃었다.
열화의 대장장이는 두 눈을 크게 뜨며 경악하더니 격노했다.
"만물의 왕! 네놈이 감히 무슨 낯짝으로 여기 나타난 것이냐!"
시리안의 영혼은 기운 없이 양손을 들어 올렸다.
[난 이미 죽었어. 그리고 악행도 저지를 이유가 없어졌어. 예상과 달랐지만 내 목적은 이뤄졌거든.]
마황은 죽고 세상은 지켜졌다.
운명이 부서지고 원래 멸망했어야 할 대륙까지 무사했다.
시리안은 여한이 없었다.

단 한 가지만을 빼고 말이다.

[당신의 영혼에 닿으니…… 잊어버린 기억들이 떠올라요.]

유령여인은 시리안을 바라보며 한참 멍한 표정을 지었다.

그러다가 돌연 그녀의 눈빛이 맑고 또렷해졌다.

[시리안?]

[그래, 나야. 세피아.]

시리안은 힘없이 웃었다.

그러나 그녀의 눈을 제대로 마주 보지 못했다.

[너에게 사과하려고 왔어.]

[넌 용서받을 수 없어.]

무한의 차원술사 세피아.

그녀는 단호히 말했다.

[그날 악마들을 불러낸 것은 바로 너였지. 나와 동료들은 너의 배신으로 죽었어. 그로 인해 나는 영혼이 되어서 기억까지 잃었고.]

그녀의 신랄한 비판을 시리안은 반박하지 못하고 듣기만 했다.

[물론 너의 행동에 분명한 이유가 있었겠지. 넌 그런 녀석이니까. 하지만 최소한 우리에게 마땅히 설명을 해줬어야 했어. 넌 결국 우리를 믿지 못했던 거야.]

세피아는 그를 똑바로 보았다.

[네 악행은 정당화될 수 없어, 시리안.]

시리안은 고개를 숙였다.

한동안 침묵이 흘렀다.

그때 세피아의 영혼이 시리안의 영혼을 끌어안았다.

[세피아……?]

[어서 가. 가서 너의 모든 잘못에 대한 처벌을 받고 와.]

시리안의 뺨에서 눈물이 흘러내렸다.

차갑고 사악한 영혼임에도 그에게서 흐르는 눈물은 따스했다.

세피아는 그를 꽉 안았다.

[그리고 다시 돌아와. 나뿐만 아니라 우리 모두에게. 그렇지 않는다면 널 평생 보지 않을 거야.]

시리안은 그저 울면서 고개를 끄덕일 뿐이었다.

[미안해…… 진심으로…….]

흰 영혼과 검은 영혼은 서로 끌어안고서 희미해지기 시작했다.

세피아는 미소를 지었다.

그리고 고개를 돌려 열화의 대장장이를 바라보았다.

[아, 그간 많이 늙었구나. 내 옆을 줄곧 지켜줘서 고마워. 제자.]

"갈 길이나 가시오. 스승."

늙은 거신이 투박하게 말했다.

그리고 두 영혼은 사라졌다.

각자 가야 할 곳으로 간 것이다.

열화의 대장장이는 두 영혼이 사라진 자리를 오래도록 지켜봤다.

퀴쇼가 고개를 갸웃거렸다.

"무슨 일이 벌어진 거예요? 퀴쇼는 직접 봐도 하나도 모르겠어요."

한편 열화의 대장장이는 망치를 거두고 몸을 곧게 일으켰다.

요정이 깜짝 놀랐다.

"거신님. 어디 가려구요?"

"제자로서의 의무는 다했다. 이젠 지하에 있을 이유가 없어졌다."

늙은 거신은 망치를 꽉 쥐었다.

퀴쇼가 총총 따라붙었다.

"그럼 똑똑한 퀴쇼가 길잡이 해줄까요? 거신님은 지상으로 가는 길도 모르잖아요."

"그럴 필요 없다."

열화의 대장장이는 망치를 내리그었다. 그러자 허공에 균열이 일어나 새로운 차원의 입구가 드러났다.

퀴쇼가 놀라서 입을 벌렸다.

"저기가 어디예요?"

"이곳과는 전혀 다른 세상."

열화의 대장장이는 커다란 망치를 등에 멨다.

"오랜만의 여행이군."

거신은 그 균열 너머로 걸어갔다.

레오르칸 제국의 수도 데페론.

강윤수는 거처에서 책을 폈다.

'일천회귀록.'

그는 기억을 위해 일천회귀록을 항상 몸에 지니고 다녀야만 했다.

'일천회귀록을 또 만들 순 없다.'

아이리스가 당시에 경험을 곧장 생생하게 썼기에 효력이 있다. 실제로 평범한 필기장에 일천회귀록을 베껴 써도 효과는 없었다.

또한, 강윤수의 기억은 일천회귀록만이 유지시켜 줬다.

많은 실험을 해봤으나 일천회귀록 같은 물품을 또 만들 수 없었다.

'기억을 보존하는 힘에 관해선 아직도 의문이 많군.'

강윤수는 일천회귀록을 바라봤다.

세상에서 단 하나뿐인 서적.

'만약 이 책을 태워 버린다면.'

그냥 이대로 일천회귀록을 없애버릴 수도 있었다.

끔찍했고 자신을 미치게 했던 2만년의 세월을 잊을 수 있으니까.

그러나 강윤수는 그러한 과거를 버릴 수 없었다.

그의 뒤편에서 어둠이 일렁였고 아이 같은 그림자가 일어났다.

그에게 남은 기억의 잔재.

오로지 그에게만 보이는 환상.

강윤수는 책을 바라보며 말했다.

"나는 널 잊으려 했다."

아이의 그림자는 그저 서 있었다.

강윤수는 계속 말을 이었다.

"너 역시 내게 과거를 놓아주라고 말했다."

그는 책을 쥐고 돌아섰다.

"그러나 나는 널 잊을 수 없다."

강윤수는 그림자를 마주 보았다.

그것을 해치려고 하지도, 물러서려고 하지도 않았다.

그는 천천히 다가가 아이의 그림자를 끌어안았다.

"널 안고 살아가겠다. 잊으려 했던 과거도, 끔찍했던 죽음들도. 전부."

어둠이 걷어졌다.

아이의 모습이 드러났다.

열세 살쯤 되었을까.

소년이 입술을 움직였다.

"……."

아주 작은 소리.

그러나 그는 분명히 들었다.

"좋은 이름이구나."

강윤수는 진심을 담아서 말했다.

"평생 널 잊지 않겠다. 너는 내가 낳은 아들이니까."

자신을 닮은 소년은 미소 지었다.

그리고 기억의 잔재는 강윤수 속에 들어와 하나가 되었다.

대륙에는 많은 변화가 일어났다.

잃어버린 왕좌를 차지하기 위해 크고 작은 다툼이 일어났다.

과거 실종됐던 몇십 명의 강자들은 그 전란에 참여했다.

티탄과 르노라는 두 종족은 석조기술과 건축술의 뼈대를 바꾸었다.

장서관에는 만물의 왕에 관한 내용을 수정한 역사서적이 추가됐다.

그리고 시민들은 평소와 같이 일상을 맞이했다.

그런 시대에서.

일행은 언덕을 오르고 있었다.

헨릭이 땀을 닦으며 물었다.

“그래서, 백사자 클랜을 뒤에서 돕기로 했다고?”

“정보만 제공할 거야.”

“허. 정말 한세현 그 자식을 황제로 만들 생각이냐?”

“약속했으니까.”

“네가 언제 그렇게 정직했다고.”

헨릭은 입맛을 다셨다.

“그런데 궁금한 게 있다만.”

“뭔데.”

“마황을 죽이고 난 다음 말이다.”

그가 턱을 긁적였다.

“분명 전설 의뢰를 완수했다고 하지 않았냐. 마지막 보상이 뭐였냐?"
강윤수는 담담히 대답했다.
"정상의 존재를 만날 권한."
"정상의 존재?"
"신보다 위에 군림하고, 진정으로 전지전능한 절대자."
헨릭이 눈썹을 괴상하게 구겼다.
그가 목소리를 낮추며 물었다.
"그래서 절대자랑 만나봤냐?"
"거부했어."
"뭐? 어째서?"
강윤수는 하늘을 바라봤다.
"절대적인 존재라면 신물이 나."
"흠. 뭐, 마황이랑 싸워온 너였으니 이해가 안 가는 건 아니다만."
아이리스가 위쪽에서 재촉했다.
"헨릭! 어서 올라오렴. 이러다 해가 져버리고 만단다!"
"시끄럽다, 인마. 눈이 쌓여서 얼마나 걷기가 힘든데."
"나는 혀를 굴리기보다 행동으로 보여주는 남자가 좋단다."
"네 취향이 나랑 뭔 상관이냐?"
"흥. 헨릭이 알아서 생각하렴."
제일 뒤처진 헨릭까지 언덕 위로 올라왔다.
드높은 언덕은 시야가 탁 트여서 경치가 훌륭했다.
저물어가는 태양이 눈이 쌓인 언덕을 노을빛으로 물들였다.
강윤수는 모든 소환수를 소환했고 헨릭도 수리한 뤽을 꺼냈다.
"와아! 석양이 정말 정말 예뻐! 아빠도 기억을 되찾아서 다행이야!"
샐리가 폴짝이면서 강윤수에게 안겼다.
"카르르릉!"
화이트는 언덕 위의 눈밭을 자유롭게 뛰어다녔다.
아클은 팔짱을 끼고서 말했다.
"야, 땅딸막한 리치. 이제 몸은 좀 괜찮냐?"
"오랫동안 쉬어서 갈라진 뼈들이 붙었다. 걱정해 줘서 고맙다, 아클."
"흥. 걱정은 무슨. 또 다치기만 해봐라. 그땐 내가 죽여 버린다."
라이트는 활기차게 웃으며 샤프의 오른손을 잡아당겼다.
"꺄하핫! 샤프! 나랑 같이 엄청나게 커다란 눈사람 만들자!"
그에 반면 뤽은 샤프의 왼손을 조용히 잡아끌었다.
"나하고 몬스터 학살하자."
"후으윽……! 제발 살려줘……!"
샤프는 라이트와 뤽 사이에 끼어서 공포로 질려 버렸다.
둘 중 누구의 제안이라도 거절했다간 피를 보게 될 테니까!
강윤수는 빛나는 머리칼을 한 줌 꺼냈다.
"샐리, 태워줘."
"응, 아빠!"
머리칼을 태우자 광명과 함께 하늘에서 천사가 내려왔다.
유리엘은 검은 날개를 펄럭이면서 언덕 위로 앉았다.

"오랜만이야! 못난이 신…… 아니, 못난이 피조물아!"
"생각보다 멀쩡하군."
유리엘은 싱글벙글 웃었다.
"응! 시간이 지나니까 정신이 좀 맑아졌어. 그 대신에 여신님이 날개가 다시 하얘질 때까지 네 수호천사로 봉사하라고 했어!"
천사는 고개를 갸웃거렸다.
"그런데 무슨 일로 부른 거야?"
샤네트가 싱긋 웃었다.
"파이를 많이 구워왔어요. 다 같이 경치 보면서 먹어요."
"좋아! 그런데 파이가 뭐야?"
"대륙에서 가장 맛있는 음식이란다."
"샐리도 먹을래!"
다들 파이 한 조각을 물었다.
중앙에 샤네트가 불가를 만들어놓으니 추위도 느껴지지 않았다.
강윤수와 헨릭은 술잔을 부딪쳤다.
그렇게 시간이 흘렀다.
석양이 지고 황혼이 다가왔다.
주위가 어두워지자 강윤수는 반짝이는 가루가 찬 병을 꺼냈다.
요정의 가루.
과거 지하에서 퀴쇼라는 요정에게서 받아둔 물건이었다.
그는 뚜껑을 열어 요정의 가루를 사방에 흩뿌렸다.

"예뻐……."

"무척 아름답구나."

흰 눈이 쌓인 언덕 위로 환한 가루가 별빛처럼 내려앉았다. 어여쁘고 수려했으며 찬란했다.

마음을 빼앗기고, 그리고 그것에 신경 쓰지 않아도 되는 경관이었다.

모두가 감탄했다.

샤네트가 강윤수 곁에 앉았다.

"강윤수 님이 기억을 되찾아서 다행이에요. 그렇지 않았으면 다 같이 이렇게 웃지도 못했을 거예요."

강윤수는 그녀를 물끄러미 봤다.

"하실 말씀이라도 있으세요?"

"때가 되면 너희에게 전해줄게."

"뭘요?"

강윤수는 조용히 속삭였다.

"내 유언."

"네? 뭐라고 하셨어요?"

샤네트는 주위가 시끄러워서 제대로 듣지 못했다.

강윤수는 다시 한번 말했다.

"네 입술에 파이 가루 묻었어."

"네? 정말요? 읍……!"

샤네트의 뺨이 별안간 붉어졌다.

잠시 후 그는 일행을, 모두를 바라봤다.

'마침내 지켜냈다.'

일천회귀록은 지금도 그의 품 안에 있다.

이미 훼손되거나 물에 젖을 일이 없도록 조치를 취해뒀다.

책은 영원히 버리지 않을 것이다.

오랜 세월을 살아와서 자신을 위한 숙원은 없어졌다고 여겼다.

그러나 아니었다.

이들을 지키는 것이 곧 자신을 위한 숙원이었다.

그래서 모든 걸 지켜냈고, 이렇듯 눈앞에 소중한 사람들이 살아 있다.

그러나 이제 끝났다는 생각은 조금도 들지 않았다.

"강윤수 님? 지, 지금……!"

샤네트가 그를 보면서 갑자기 눈물을 흘렸다.

모두가 강윤수를 바라봤다.

그리고 다들 놀란 표정을 지었다.

그는 희미하게 웃고 있었다.

"오랜만이야. 행복을 느낀 것은."

강윤수가 그토록 바라온 삶이 시작되었다.

The End